방과 후 복수활동

방과 후 복수활동

초판 1쇄 인쇄 | 2022년 3월 31일
초판 1쇄 발행 | 2022년 4월 8일

지은이 | 박성신·윤자영·양수련·장우석
펴낸이 | 박영욱
펴낸곳 | 북오션

경영지원 | 서정희
편   집 | 고은경·장정희
마케팅 | 최석진
디자인 | 민영선·임진형
SNS마케팅 | 박현빈·박가빈

주   소 | 서울시 마포구 월드컵로 14길 62 북오션빌딩
이메일 | bookocean@naver.com
네이버포스트 | post.naver.com/bookocean
페이스북 | facebook.com/bookocean.book
인스타그램 | instagram.com/bookocean777
전   화 | 편집문의: 02-325-9172   영업문의: 02-322-6709
팩   스 | 02-3143-3964

출판신고번호 | 제 2007-000197호

ISBN 978-89-6799-671-0 (03810)

내 세상을 지옥으로 바꿔 놓은 그놈들

박성신
－
윤자영
－
양수련
－
장우석

방과후
복수활동

☆
Bookocean

차례

방과 후 복수활동 · 6

박성신

찐따들의 복수 · 78

윤자영

올빼미 펠릿 · 138

양수련

구도 · 192

장우석

방과 후
복수활동

박성신

사건과 거짓말

그녀는 숨을 들이마셨다. S고등학교 입구에는 〈학교폭력에서 자유로운 학교〉라는 현수막이 걸려있었다. 그녀의 눈에 교복을 입은 학생들이 삼삼오오 모여 있는 게 보였고 활기가 느껴졌다.

10월 18일. 밤10시 10분경. 이 학교 학생이 학교 뒷산에서 의식을 잃은 채 발견되었다. 신고를 받고 출동한 119 구급대원에 의해 병원으로 옮겨졌다. 학생증으로 확인한 피해자의 이름은 이동호. 나이는 17세. S고등학교 1학년 2반이었다.

나중에 119에 신고 된 공중전화의 목소리를 그녀가 다시 들어보니 아직 변성기가 지나지 않은 어린 남학생 같았다. 보통 핸드폰으로 신고하는데, 공중전화를 사용한 것이 특이점이었다. 파출소는 바로 관할 경찰서 여성청소년계에게 보고하여, 사건은 황하리 형사에게 인계되었다. 피해자가 청소년이며 학교폭력사건의 가능성이 있다고 보았기 때문이다. 황하리 형사는 29살로 순경계급이었으나, 올해 해결한 학교폭력 사건들의 공로를 인정받아 얼마 전 1계급 특진해 경장이 되었다. 피해자 이동호 학생의 상태는 안면부 다발성 손상, 눈주위 뼈와 코뼈 분쇄골절, 두개골 부분이 함몰되어 병원으로 옮겨진 즉시 수술을 받았으나 아직 깨어나지 않았다. 이상한 점은 이동호의 가방이나 소지품은 현장에 있었으나, 핸드폰은 어디에서도 발견되지 않았다. 핸드폰의 위치 추적을 해본 결과 마지막 위치가 이동호가 발견된 곳이었고, 그 이후는 휴대폰 전원이 꺼져 추적이 불가했다. 야산이라 CCTV가 없어서 용의자를 특정하기 어려웠고, 경찰은 산입구에 목격자를 찾습니다라는 현수막을 걸고 목격자를 찾아다녔으나 별다른 소식이 없었다.

황하리는 발걸음을 옮겨 교무실로 향했다. 학교 복도 바닥에서 찬기가 느껴졌다. 그녀는 이동호가 소속 된 1학년 2반의 담임에게 찾아가 사건 이야기를 하고 협조를 요청했다. 담임은 황하리를 아래위로 보더니 명함을 확인했다. 담임은 40대의 안경 긴 남성으로 이마를 찌푸리며 협조하겠다고 했으나 외부로는 이야기가 최대한 새어나오지 않게 해달라고 부탁했다. 그는 말하면서도 침을 자주 삼켰다.

"곧 기말시험을 앞두고 있어서 아이들이 동요할까봐 걱정입니다."

"학생이 많이 다쳐서 혼수상태에요. 이동호 학생에 대해 알아야 범인을 잡을 수 있습니다. 학생들 동요는 최대한 없도록 수사하겠습니다. 1학년 2반 교실이 어디죠?"

황하리 형사는 얼굴에 미소를 지우고 말했다. 담임은 가운데 손가락으로 안경을 들어 올리더니 그녀에게 따라오라는 듯 앞장서서 걸었다. 1학년 2반 교실 앞에 서자, 학생들이 수업 받는 모습이 창문으로 보였는데, 빈 책상이 5개가 보였다.

"이동호 학생 말고 누가 또 결석했나요? 책상이 많이 비었네요."

"아. 한명은 최근에 전학 갔고 세 학생은 몸이 안 좋아서요."

담임이 말을 마치자 수업종료를 알리는 종소리가 울렸다.

"동호가 그저께 많이 다쳐서 그 사건에 대해 조사하러 오셨다."

교실로 들어간 담임이 황하리 형사를 소개했다. 담임의 말에 아이들이 술렁였다.

'이동호가 다쳐?' '형사 맞아?' 'TV에서 보는 거랑 다르잖아.' '형사님 싸움 잘해요?' '남자친구 있어요?' 라는 말들이 흘러나왔다. 황하리는 아이들을 쭉 둘러보았다.

"이동호와 친했던 학생 있어요?"

아무도 손을 드는 이가 없었다.

"없어요? 그럼 한명씩 이야기를 들어볼게요."

스무 명의 아이들은 동요했고, 담임은 어쩔 수 없다는 듯 아이들에게 협조하라며 자율학습을 시작하라고 말했다. 아이들은 한명씩 이름을 불리면 나가서 이야기를 나눴다. 옆에 담임도 함께 동석했다.

황하리 형사는 동호는 어떤 학생이었니? 누구와 친했니? 최근에 싸우거나, 힘들었던 일이 있었니, 어제는 누구와 하교했니 등등을 물어보았지만 아이들은 뭔가 눈치를 보는 듯 글쎄요, 잘 몰라요. 라고만 대답했다. 옆에서 담임은 다리를 떨기도 하고, 아이들을 날카롭게 쳐다보기도 했다.

'어쩌면 담임이나 학교에서 문제가 될 만한 이야기는 하지 말라고 미리 신신당부를 했을지도 몰라.'

실제로 그녀가 올 초 맡았던 사건도 처음에는 모든 이들이 감추고 은폐하여 알아내기 힘들었다. 혹시나 이동호에 대해 아는 사실이 있다해도 쉽게 입을 열지 못할 것이다. 괜한 일에 끼어들어 피해가 갈까봐 두려운 것도 있고, 결국 어른에게 도움 받지 못할거라는 생각이 강하기 때문이다.

이동호는 정말로 학교폭력의 피해자였을까?

몇몇 아이들의 입에서 이동호와 친한 아이들의 이름을 알아냈다. 그런데 공교롭게도 그들은 전부 결석한 아이들이었다.

"결석한 아이들 주소랑 연락처 좀 알 수 있을까요?"

"글쎄요. 동호가 다친 건 안타깝지만 걔네들하고는 아무 상관없어요. 그 야산에는 종종 정신이상자가 출몰한다는 소문이 있는데, 혹시 그 사람 짓 아닐까 싶은데요."

"선생님. 그건 수사를 맡은 제가 판단할게요."

황하리는 담임의 안경 너머의 눈길을 응시했다. 담임의 이마 위로 땀방울이 송골송골 맺혀있었다.

황하리는 거울에 비친 모습을 바라보았다. 귀가 보이는 짧은 단발머리. 쌍꺼풀 없는 큰 눈과 오똑하고 날렵한 코. 통통한 볼살. 29살이지만 어려 보여서 20대 초반으로 보인다. 옛날에는 이 얼굴이 왜 그렇게 싫었을까?

기합을 넣고 오버사이즈 블루 정장의 옷매무새를 고쳤다. 손에 든 바닐라 커피를 단숨에 원샷하고 눈앞에 보이는 아파트로 발걸음을 옮겼다. 아파트는 거대한 성이었다. 28층의 고층 아파트로 서울에서 집값이 가장 비싸다는 곳 중 하나다. 황하리는 201동 앞에 서서 2301호를 호출했다. 인터폰으로 여자 목소리가 들렸다.

"누구세요?"

"안녕하세요. 안채미 학생 집이죠?"

"네. 무슨 일이시죠?"

"저녁 늦게 죄송합니다. 저는 강남서 여성청소년계 황하리 경장입니다."

인터폰에서는 지금 만날 수 없다는 말만 돌아왔다. 황하리는 다시 인터폰을 눌렀지만 받지 않았다. 201동 입주민이 카드를 대자 문이 열렸다. 황하리는 그 틈에 쏙 하고 들어가 엘리베이터에 탑승했다. 입주민이 황하리를 한번 쳐다보았으나 그녀가 23층을 누르자 이내 관심을 껐다. 그녀는 23층에 내려 2301호 벨을 눌렀다. 금빛장식이 되어있는 현관문이 열리고 어깨까지 오는 갈색머리에 눈썹 손질이 잘되어있는 40대 여자가 나왔다. 퍼 슬리퍼 사이로 맨발이 보였고 현관에는 컨버스운동화가 보였다. 황하리가 명함을 건네자 여자는 명함을 확인하더니 눈가를 가늘게 찌푸렸다. 눈빛은 마치 어떻게 들어왔냐고 묻고 있었다.

"이틀 전에 같은 반 학생이 산에서 다친 사건을 조사 중인데요. 안채미 학생한테 몇 가지 들어보려고요."

"같은 반 학생이 다쳤어요?"

여자의 미간이 살짝 펴졌다.

"혹시 안채미 언니세요?"

"아니에요. 엄마에요."

"저는 너무 젊어보이셔서 언니인줄 알았어요. 그 슬리퍼 22년 F/W컬랙션 아니에요?"

"맞아요."

"아는 언니가 그거 구하러 파리 여행까지 갔다가 그냥 왔는데."

채미의 엄마 얼굴표정에 미소가 떠올랐다.

화려한 스타일, 좋은 아파트, 칭찬이 통하는 타입일거라 생각했는데 일차 방어막은 뚫었다. 황하리는 눈치가 빨라 상대를 빠르게 파악한다. 어릴 적엔 엄마 아빠가 매일 싸워서 그 안에서 눈치를 살폈고, 커서는 친구들의 눈치를 살폈다. 눈치는 초능력 수준이라 상대방의 눈빛만 봐도 뭐가 필요한지 안다. 상대에 따라 공감을 사고 친해지는 방법을 쓰거나, 빈틈을 공략하기도 하고, 비열한 상대에겐 약점을 잡아 원하는 것을 얻어내기도 한다. 이것이 황하리 형사의 전략이다. 형사는 대부분 무서운 외모에 패션도 검은 옷만 입는다고 하지만, 황하리 형사는 일부러 귀여운 아이템을 지니고, 음악중심을 챙겨보고 아이돌 사복패션을 참고해 입기도 한다. 학생들이 친근감을 느끼면서 말을 쉽게 꺼내기 때문이다.

"어쩌죠. 채미가 지금 몸이 안 좋아서 약 먹고 잠들었어요. 근데 산에서 누가 다쳤어요?"

"이동호라는 1학년 2반 남학생인데요. 안채미랑 친하게 어울렸던 학생이에요. 지금 의식불명이고 병원에 있습니다."

"채미는 몸이 안 좋아서 일주일 전부터 집밖에도 못 나가고 있어요. 아마 해드릴 말씀도 없을거에요."

"그래요? 그럼 죄송하지만, 물 한잔 마실 수 있을까요?"

황하리는 최대한 부드러운 미소를 지으면서 그녀를 응시했다. 잠시 망설이던 채미의 엄마가 문을 열고 몸을 비켰다. 집안에 들어서자 반짝이는 샹드리제 조명과 대리석바닥이 눈에 들어왔고, 한쪽 장식장에는 채미의 사진으로 가득했다. 예쁜 아이 콘테스트 수상부터 어린이 스마일상 수상트로피까지 사진 속 어린 채미는 인형처럼 예뻤다.

"채미가 어릴 적부터 참 예뻤네요? 어머님 닮았구나."

거실 한가운데 가족사진이 보였는데 고1 채미는 어릴 적보다 눈은 더 커지고 코는 오똑해져서 입체적으로 변했다. 채미의 엄마는 황하리 앞에 물 잔을 놓았다.

"아이돌 제안은 많이 오는데, 채미는 연기자가 되고 싶대서요. 학업성적 유지하면서 천천히 연기공부중이에요."

"대박~! 얼굴이 작고 눈이 커서 지금도 연예인인데요? 공부도 잘 하나봐요?"

"전교에서 10등 안에 늘 들어요."

채미의 엄마는 황하리형사의 칭찬에 기분이 좋아졌는지 과자를 내어주며 채미가 얼마나 예쁘고 똑똑했는지를 늘어놓았다. 황하리 형사에게 형사 같지 않다는 말도 덧붙였다. 황하리가 화이트 톤의 가죽 소파에 앉자 구름위에 앉는 기분이 들 정도로 푹신했다.

"근데 채미는 어디가 아파요? 며칠 동안 학교 못 갔을 정도면, 병원에는 가보셨어요? 너무 걱정되네요."

황하리의 물음에 그녀는 한숨을 푹- 내쉬었다.

"휴. 채미가 너무 착해서 탈이에요. 정말 속상해요. 어떻게 친구라는 애가 그런 일을…"

"무슨 일 있으셨어요?"

"같은 반에 소정이라는 애가 있는데. 그 아이가요. 글쎄."

그때, 채미의 방문 안에서 엄마! 라는 날카로운 비명소리가 들려왔다.

"죄송해요. 그만 가주셔야겠어요. 딸 깼나봐요."

연이어 방안에는 물건 집어 던지며 깨지는 소리가 들렸다.

"제가 좀 들어가 볼까요?"

"아니에요! 제발 가주세요. 이건 집안문젭니다."

그녀는 벌떡 일어나더니 황하리를 쫓아내다 시피 내보냈다. 방 문틈으로 시퍼렇게 멍자국이 난 채미의 얼굴이 보였다. 황하리는 어쩔 수 없이 아파트를 나서며 안채미가 사는 23층을 바라보았다. 차가운 바람이 불었다.

장소정의 집은 하늘 밑, 언덕위에 있었다. 끝도 없는 계단을 올라가면서 평소에 체력이 단련된 황하리의 호흡도 가빠졌다. 소정이는 매일 같이 이 계단을 오르락내리락 하며 무슨 생각을 했을까. 그녀의 등이 땀으로 축축해질 무렵 구글 길찾기에 도착지로 설정한 집이 나왔다. 계단의 가장 안쪽집. 녹슨 초록 대문이 보였다. 가까이 가보니 집안에서 와장창 깨지는 소리가 들렸고, 욕설을 내뱉으면서 남자가 나왔다. 남자는 40대 초반정도 되었고, 카고바지에 색이 바랜 등산점퍼 차림으로 주먹코에 어깨가 넓고 사각턱이었다. 남자는 집 앞에 서성이는 황하리 형사를 날카롭게 노려보았다.

"뭐요?"

"안녕하세요."

황하리는 밝게 고개를 숙인 다음 형사명함을 내밀었다. 남자의 얼굴은 아까보다 구겨졌다.

"다 끝났잖아! 빌어먹을 짭새들. 카악 퉤!"

남자는 인상을 쓰면서 바닥에 가래침을 뱉고 가버렸다. 황하리가 조심스럽게 대문 안으로 들어서자, 안에는 컵이며 밥그릇이 깨져 바닥에 흩어졌고, 40대 후반의 여자가 헝클어진 머리카락을 쓸어 올리면서 걸어 나왔다. 소정의 엄마다. 그녀는 눈썹 문신이 오래되어 퍼렇게 변해있었고, 얼굴은 여기저기 맞은 자국이 보였는데 멍자국은 파란색부터 노란색까지 다양했다.

"괜찮으세요? 다친데 없으세요?"

황하리는 얼른 달려다가 소정의 엄마를 부축했다.

"소정이 친구가?"

소정의 엄마 눈동자에 눈물이 그렁거렸다.

"여성 청소년계 황하리 형사인데요. 소정이를 만나려고 왔어요. 그저께 소정이네 반 이동호라는 학생이 산에서 다쳐서 의식 불능입니다. 그 사건 조사차 왔습니다."

소정의 엄마는 황하리가 형사라고 하자 아래위로 쳐다보았다.

"난 또 소정이 친구인줄 알고예… 소정이 그렇게 됐는데 면회 한번 찾아오는 친구가 없어가꼬."

"소정이가 왜요?"

"우리 소정이… 구치소에 있습니더!"

그녀는 울음을 터트려버렸다.

"무슨 일 있으셨어요?"

소정의 엄마는 황하리가 내민 손수건에 코를 풀고, 퉁퉁 부은 얼굴로 입을 열기 시작했다.

"안채미라꼬 소정이 반에 붙어시 같은 아가 있는데. 글쎄 우리 소정이가 안채미를 일방적으로 때렸다안캅니까."

"네. 알아요 안채미. 채미도 며칠째 학교에 안 나오던데요? 그런 일이 있었나요?"

"우리 소정이는 그런 애가 아닙니더. 덩치만 컸지, 마음도 얼마나 약한데. 우리 딸은 곰입니더. 그 집 아빠가 엄만가가 변호사라 카든가. 그래가꼬 안채미 집에서는 합의도 안해준다 꼬, 앞날이 창창한 애가 빨간 줄 생기면 앞으로 뭘 하겠습니 꺼. 형사님 제발 도와 주이소. 야?"

"어머니 고향이 혹시?"

"부산 영돕니더."

"맞지예. 지 고향이 부산아입니까. 중학교 때까지 부산에서 다녔다 아입니까."

물론 황하리의 고향은 서울이다. 공감대 형성에는 혈연, 지연, 학연, 취미공유만큼 좋은 게 없다.

"아이고. 고향사람을 만났네예. 물 한 잔도 안 드리고 내 정신 좀 봐."

소정이 엄마가 안에서 믹스커피를 타왔다.

"어머니, 소정이가 동호라는 학생이랑 친했습니꺼?"

황하리는 동호의 사진을 보여주었다.

"잘 모르겠습니더. 학교 친구 이야기를 뭐 저한테까지 하겠습니꺼."

소정의 엄마가 한숨을 내쉬었다.

부모는 아이들에 대해 생각보다 알지 못한다. 그저 자신의 자식들은 착하고 철없다고 생각할 뿐이다. 황하리도 학교폭력을 겪었다. 부모님은 서로를 물어뜯느라 그 사실을 몰랐다. 이런 경험 때문인지 그녀는 늘 아이들의 입장에서 생각했고, 이번년도에만 70여 건의 사건을 해결했다. 체력이 좋아야 지킬 수 있다고 러닝과 태권도, 주짓수를 꾸준히 하고 있다. 50킬로그램도 채 나가지 않는 작은 몸이지만, 극박한 상황에 맞닥뜨렸을 때 자신은 물론 시민의 안전을 지켜야 하기 때문이다. 누군가를 도와주고 싶다, 지켜주고 싶다. 믿을 만한 어른이 되고 싶다. 황하리가 그런 생각을 하게 된 것은 그녀에게도 황하리 같은 존재가 있었기 때문이다. 그녀도 누군가에게 그런 따뜻한 희망의 손이 되고 싶다.

"소정이 방 좀 한번 둘러봐도 될까예?"

소정이 엄마는 황하리의 두 손을 붙잡고 고개를 흔들었다.

"고향동생인데, 당연히 되지예. 우리 딸 꼭 좀 도와 주이소."

황하리는 환한 미소를 지으며 고개를 끄덕였다.

소정의 방안은 어느 여고생과 비슷했다. 벽에는 남자 아이돌 사진이 붙어있었고, 낡은 매트리스위에는 핑크색 커버가 씌워져있었다. 특이한 점이라면 옷걸이에 걸린 옷 대부분이 블랙계열이었다. 침대 머리위에는 안채미와 함께 찍은 4장 스티커 사진이 놓여있었는데 주로 장소정은 얼굴을 구기고 우스꽝스러운 표정을 짓고 있었고, 안채미는 혀를 쏙 내밀거나 윙크를 하는 귀여운 표정을 짓고 있었다. 황하리는 서랍을 뒤지고, 책상을 열어 살폈고 쓰레기통을 뒤졌다. 책상 서랍 깊숙이에서 진통제와 항생제. 피부연고제와 23호 컨실러가 든 파우치를 찾아냈다. 이 조합은 뭘까.

그녀가 방을 뒤진 지 15분이 지났을 때 매트리스 밑에서 네 번 접힌 우편봉투를 발견했다. 안에는 작은 비닐봉투에 든 흰 가루와 함께 종이가 들어있었는데 종이에 쓰여 있는 내용은 다음과 같다.

이것은 탄저균이다. 48시간 안에 진실을 자백하지 않으면 해독제는 없다.
- 지옥에서 권다영으로부터.

20

황하리는 흰 가루와 협박문을 번갈아 바라보았다. 탄저균은 생물학 무기로 썼던 독인만큼 위험한 물건이다. 그녀는 조심스럽게 흰 가루가 담긴 봉지를 수건으로 감싸고 일단 강력계 고연주 선배에게 전화를 걸어 현장을 차단하고 주민들을 대피시켰다.

황하리는 소정의 집에서 나와서 국과수로 향했다. 충혈된 눈에 머리가 눌린 채로 나온 김선배는 황하리가 소개팅을 시켜주겠다고 하자, 이번에도 말없이 황하리의 부탁을 들어주었다. 황하리는 선배에게 소정의 방에서 찾은 흰 가루가 진짜 탄저균인지 최대한 빨리 정밀감식을 해달라고 했다. 한시간이 지나자 김선배는 무거운 목소리로 황하리에게 전화를 걸어왔다.

"진짜 탄저균이 맞기도 하고 아니기도 해."

"그게 뭔소리야?"

"탄저병에 감염되는 근본적인 원인은 탄저균이 분비하는 탄저균 독소 때문인데, 탄저균 독소는 보통 3가지 종류의 단백질로 구성되어 있어, 각각의 인자들 자체는 독성이 강하지 않지만 함께 작용할 경우 큰 독성을 나타내지. 탄저균은 이 독소들을 숙주 세포에 침투시켜 세포의 신호전달 작용을 방해하고 세포 성장과 분열을 방해함으로서 숙주세포를 파괴하는 방식을 써."

"좀 더 쉽게 이야기해봐봐."

"옴진리교 알지? 일본의 사이비 단체인 옴진리교가 1995년도 지하철에 탄저균을 살포한 사례가 있어. 다행히 독소가 제거된 예방접종용 균이 사용되어 사망자는 없었지만. 한마디로 네가 준 탄저균도 독성이 없는 탄저균이란 소리야."

"휴. 다행이네. 그럼 인체에는 무해한 거지?"

"독성이 제거되어서 전염성은 없지만, 이걸 만들 정도의 실력이면 독성 있는 탄저균도 만들 수 있다는 이야기지. 이거 진짜 고등학생이 가지고 있던 거야? 출처가 어디야?"

황하리도 그 출처에 대해 알고 싶었다.

"그건 다 지난 일입니다. 아니 형사님은 동호 다치게 한 범인 잡으시는 거 아니었어요? 왜 자꾸 아이들 상처를 들쑤시고 다니시는 겁니까."

황하리는 담임에게 전화해서 권다영에 대해 물어보았다. 소정의 방에서 발견한 탄저균과 협박문에 대해 이야기하자 담임의 목소리는 굳어있었다.

"저는 선생님 반학생에 대해 물어봤을 뿐인데 민감한 반응이신데요? 제가 조사해보면 모르겠어요? 그래도 담임 선생님한테 여쭤 보는게 예의라고 생각해서 여쭤 보는거에요. 협조하실 수 없다면 유감입니다."

전화수화기 너머로 한숨이 들려왔다. 담임은 강자에겐 약한 스타일이 확실하다.

"권다영 학생은 죽었습니다. 얼마 전에 아파트 옥상에서 뛰어내렸어요."

담임의 대략적인 사건설명에 의하면, 1학년 2반 학생, 권다영은 10월 1일, 금요일. 아파트 옥상에서 뛰어내렸으며, 지나가던 같은 학교 학생이 발견하여 병원으로 옮겨졌지만 사망하였다. 권다영은 평소에 별문제 없이 학교생활을 했지만, 갑자기 떨어진 성적 비관을 하여 스스로 죽음을 선택한 것 같다고 판단하여 별다른 수사는 하지 않았다고 한다. 황하리가 권다영과 이동호의 관계는 어땠는지 물어보자 아이들의 교우 관계까지 일일이 알 수 없습니다라는 대답이 돌아왔다. 부모도 선생도 학생에 대해 알 수 없다면 대체 누가 안단 말일까. 황하리는 깊은 숨을 내뱉었다.

면회실에 나온 장소정은 키가 175센티미터 정도로 황하리보다 머리 하나가 더 컸다. 머리는 짧은 단발로 고개를 숙여 앞으로 쏟아져 눈을 가렸다.

"여성 청소년계 황하리 경장이라고 해. 몸은 괜찮니?"

소정은 대답 없이 고개만 끄덕였다.

"엄마가 많이 걱정하고 계시더라."

황하리가 엄마라는 단어를 꺼내자 소정이 숙였던 고개를 살짝 들었다. 다크써클 진 눈빛에 반항기가 다분했지만 앙다문 입과 턱에서 17살 소녀 티가 났다.

"이거 전해달라고 하셨어."

소정의 엄마가 황하리가 면회를 간다고 하니 직접 전해준 보온병과 주먹밥이었다. 잠시 소정의 눈길이 도시락통에 멈췄다가 거둬졌다.

"너두 참. 그런 사람이 아버지라서 고생 많았겠다."

"그 인간 원래 노답이에요."

소정이 눈빛 속에는 경멸이 담겨져 있었다.

"엄마가 주신 건 내가 분명히 전해줬어. 먹든 안 먹든 니 맘이고. 근데 내가 진짜 맛있는 거 사왔다."

황하리는 가방에서 치아바타 샌드위치를 꺼내들었다. 유명 브런치 카페에서 사온 것이었다. 이 브런치 카페는 안채미의 인스타그램에 최근 올라온 사진 속 카페였다. 그 사진 속에 소정은 없었다. 안채미는 연기학원에 다니는 학생들과 함께였고 그 게시물에 소정이 좋아요와 진짜 맛있겠다. 담에는 나도 고고. 라는 댓글을 남으나 대댓글은 달리지 않았다.

"진짜 핫한 곳인가봐. 내가 한 시간 줄서서 사왔잖아."

소정은 그녀가 가져온 포장지에서 카페이름을 눈으로 읽더니 사온 음식에 반응을 보였다.

"음- 맛있긴 한데, 소문 보다 별로다. 너도 먹어볼래?"

황하리가 한 조각 내밀자 소정이 한입씩 먹기 시작했다.

"이게 뭐 맛있다고."

"그치? 유명한 거 그거 다~ 광고라니까. 엄마는 뭐 싸주셨을까. 와 계란말이에 쥐포. 나 좀 먹어도 되니?"

소정이 고개를 끄덕였다. 황하리가 엄마의 도시락을 맛있게 먹자 소정이 신기하다는 표정으로 쳐다보았다. 소정도 젓가락을 들어 반찬을 집어먹었다. 황하리는 브런치 카페가 비싸기만 하고 맛없다면서 투덜거렸고, 그사이에 소정은 엄마가 싸준 밥을 다 먹었다.

"진짜 맛있다."

"엄마가 저 어릴 때 반찬가게 했거든요. 쪽팔려서 난 안 먹었지만. 근데 진짜 형사님 맞아요?"

"그렇게 안 보인다는 말을 좀 많이 듣긴해 아참. 니네 반 이동호가 삼일 전에 뒷산에서 많이 다쳐서 그 사건 조사하고 있거든."

"이동호가 다쳤어요? 큭큭큭큭 잘됐다 그 새끼."

"친구가 다쳤는데 웃음이 나오니?"

"하아… 맛집으로 어그로 끌길래. 장단 좀 맞춰주니까 어른인 척 하는 꼴이라니. 씨발."

소정은 한숨을 푹 내쉬었다.

"니 방에서 찾아낸 거야. 이거 뭐야."

황하리의 손가락 사이에는 흰 가루가 든 비닐봉투가 끼워져 있었다. 그걸 보고 놀란 소정은 비명을 지르며 코와 입을 가리면서 뒷걸음질 쳤다. 교도관이 뛰어들어와 장소정을 붙잡으려했으나 황하리가 손바닥으로 멈추라는 시늉을 했다.

"너 이것 땜에 안죽어."

자신을 쏘아보는 소정에게 황하리는 국과수 김 선배에게 받은 검사서를 보여주었다.

"의학용어라 모르겠지만 독성이 없어. 안전하단 이야기야. 네 말대로 어른 노릇 좀 하려고 조사 했으니까 안심해도 돼."

"구라치고 있네."

소정을 바라보던 황하리가 비닐봉지를 열어 손가락을 넣고 흰 가루를 꺼내 입안으로 넣었다. 소정의 눈이 커다래지고 벌겋게 달아오른 얼굴로 황하리를 바라보았다. 황하리는 물까지 마셔 입을 헹궜다.

"미쳤어요?"

"멀쩡하다. 안채미 가방에 네가 탄저균하고 협박문 넣었다며? 무슨 일 있었는지 말해봐."

"그럼 나 도와줄 수 있어요?"

황하리는 고개를 끄덕였다. 소정은 천천히 입을 열었다.

다영이가 죽고 일주일후인, 10월 8일 1학년 2반 박지우가 맨 처음으로 탄저균과 협박문을 받았다. 박지우는 권다영을 괴롭힌 무리 중 하나였다. 탄저균이 뭔지도 몰랐던 박지우와 아이들은 탄저균에 대해 검색하자 당연히 장난일거라고 생각했다. 아이들은 평소 싸움1등이었던 박지우가 겁먹은 모습을 보이자 낄낄거리면서 놀렸다. 그 다음날 소정이 탄저균과 협박문을 받았다. 소정도 처음에는 가짜 일거라고 생각했지만 실제로 간지러움을 동반한 발진 현상이 일어났기 때문에 두려움을 느끼게 되었다. 그래서 23호 컨실러로 가리고 진통제를 먹었다. 물론 아무에게도 말하지 않았다. 권다영을 괴롭히자고 한 것은 안채미였기에 억울한 마음이 들었다. 왜 안채미가 아닌 자신인가.

그래서 이동호가 가짜 탄저균을 만들어서 안채미에게 보내자고 한 제안을 했을 때 거절하지 못했다. 장소정은 이동호의 지시대로 안채미의 가방에 협박문과 가짜 탄저균 우편물을 넣었다. 수상한 우편물을 발견한 안채미는 부모를 시켜서 학교 CCTV를 뒤졌다. 그리고 반나절 만에 안채미의 가방에 소정이가 탄저균과 협박문을 넣는 장면을 찾아냈고, 추궁하던 안채미와 화가 난 장소정 사이에 싸움이 붙었다. 물론 장소정이 일방적으로 두들겨팼다. 안채미는 전치 3주에 코뼈가 금이갔다.

"넌 이걸 누가 보냈다고 생각해?"

"모르겠어요."

"그럼 권다영의 복수를 할 만한 사람은? "

"박수지요. 권다영 전에 괴롭힘 당한 애가 박수지였어요. 권다영 덕분에 박수지가 괴롭힘에서 벗어났거든요."

소정은 책상에 앉은 날파리를 엄지로 꾹 눌렀다.

황하리는 밖으로 나와 숨을 들이마셨다.

"안채미에게 탄저균을 보낸 건 장소정이라고 쳐, 그럼 박지우랑 장소정 학생에게 탄저균을 보낸 건 누구란 말이야? 아니 탄저균은 영화에서나 나오는 거 아냐? 요즘 고딩들은 예측이 안 되네."

정갈하게 묶은 머리와 검은색 폴라티와 청바지를 입은 고연주가 물었다. 맞은편엔 앉은 고연주 형사는 황하리보다 3년 선배로 강력계에서 일하고 있다. 황하리는 가끔 고연주와 삼겹살과 소주를 마시면서 고충을 토로하고 있다. 황하리에게 많은 것을 가르쳐주었던 선배이기도 하고, 그녀와 정반대 성향이라 오히려 잘 맞았다.

"아무튼 오늘 저 때문에 고생 많으셨어요."

"진짜 탄저균 아니어서 다행이지 뭐. 근데 탄저균 발견했다는 신고가 가끔 들어오긴 해. 그래서 조사해보면 보통 석화가루나 뭐 돌가루거든? 근데 이건 진짜 독소를 제거한 탄저균이잖아."

"네. 그리고 좀 알아보니 권다영 학생이 죽은 건, 성적 때문이 아니라, 아이들의 학교폭력이었어요. 괴롭히던 아이들 중 하나가 이동호였구요."

"누군가 권다영의 복수를 하고 있고. 그 사람이 이동호도 해쳤다?"

황하리는 대답대신 소주를 목으로 넘겼다. 고연주 선배는 빈 잔에 소주를 따라주었다.

"이번 사건. 뭔가 싸해. 탄저균만 해도 보통 고등학생들이 꾸밀 사건은 아니잖아."

"탄저균이랑 협박문 보낸 사람 말이에요. 보내려면 권다영 괴롭힌 아이들한테 다 보내야지. 박지우랑 장소정한테만 보낸 이유가 뭘까요."

10월 8일 박지우, 10월 9일 장소정에게 각각 협박문과 탄저균이 도착했다. 10월 12일, 안채미는 가짜 탄저균을 가방에 넣은 장소정을 추궁하다 폭행당했다. 그리고 6일후인 10월 18일 이동호는 누군가에게 공격당했다. 목격자는 아직까지 나타나지 않고 있다. 탄저균 사건과 이동호의 사건이 연관 있을까?

"또또, 생각에 빠졌구만. 하리 경장님? 우리 경찰도 결국 직장인이야. 너무 일에만 빠져있지 말고 연애도 하고 여행도 좀 하고 그래. 안 그러면 심리적으로 힘들어. 넌 이동호 사건 범인만 잡으면 되잖아. 알았지?"

고연주는 황하리 앞 접시에 고기를 놔주었다. 그녀는 고개를 끄덕이며 삼겹살을 입안으로 밀어 넣었다.

황하리는 집으로 가기 전에 동호가 입원해있는 병원에 들렀다. 동호는 아직 의식이 없었다. 병실 안에는 아무도 없었는데 20분정도 지나니 동호의 엄마가 돌아왔다. 그녀는 푸석한 머릿결을 쓸어 올리며 인사를 했다.

"일을 쉴 수가 없어서요. 애 병원비도 그렇고."

황하리는 사온 빵과 주스를 건넸다. 동호 엄마는 저녁도 먹지 못했는지 그녀가 건넨 빵과 주스를 바로 입으로 가져갔다.

"애 아빠가 사채를 쓰고 집이 힘들어서 얘를 신경 못썼어요. 그래도 우리 동호, 중학교 때도 그렇고 한 번도 투정 없는 애였어요. 혼자 알바해서 용돈 벌어 쓰고, 돈 달라는 소리 한 번 없었어요. 제 속으로 낳아서 제가 잘 알아요. 절대로 누구한테 원한 살 그런 애는 아니에요."

이동호가 병원으로 옮겨졌을 때 지갑 안에 오만 원짜리가 열 장이 넘게 들어있었는데, 돈의 출처에 관해서도 부모는 알지 못했다.

"동호가 혹시 권다영이란 학생에 대해 이야기하던가요."

엄마는 고개를 저었다.

"그 학생 죽은 건 알고 계셨어요?"

"몰랐어요. 죄송해요. 동호가 누구랑 어울리는지, 누구랑 친한지, 정말 아는 게 없어서 수사에 도움을 못 드리네요."

"동호와 친구들이 그 죽은 여학생을 괴롭혔다고 하던데. 혹시…"

"형사님! 그게 지금 아픈 동호 앞에서 하실 말인가요?

"다영이도 아팠겠죠. 아드님이 괴롭힌 여학생. 이름이 권다영이에요."

동호엄마의 눈동자가 흔들렸다.

"그만 돌아가 주세요."

황하리는 동호의 엄마에게 고개를 숙여 인사하고 돌아섰다. 집에 돌아온 황하리는 휴식을 취하는 대신 추리닝으로 갈아입고 달리기를 했다. 공원에는 데이트 하는 연인들. 교복 입은 학생들. 자전거 타는 사람들이 보였다. 10월의 공기는 차가웠지만 사람들은 즐거워보였다. 형사는 행복보단 불행과 친하며, 매일 사람들의 악의와 만난다. 특이 청소년 사건을 대하며 악마들을 마주했다. 그들은 나이와 상관없었다. 인간의 선함과, 양심이라고는 찾아볼 수 없었다. 그래도 황하리는 희망을 찾아내려한다. 사람들은 살 가치가 있는 선한 존재라는 것을 믿는다. 황하리는 속도를 올려 달렸다. 빠르게 달리면 진실에 가까워진다고 믿듯이.

하늘은 맑았지만 바람이 찼고, 아이스크림가게는 10월이었지만 난방으로 더웠다. 황하리는 아이스크림 가게에서 박수지를 만났다. 남들보다 품이 크고, 소매가 긴 교복을 입은 학생이었다. 손등은 터져있고, 운동화는 더럽고 낡았다. 분명히 일대일로 이야기를 나눈 적이 있었을 테지만 크게 인상이 없었다. 수지는 민트초코맛 아이스크림을 골랐다.
"나도 이거 좋아해. 아이스크림은 민초지."
수지가 황하리를 쳐다보았다. 황하리는 저 눈동자를 안다. 불신의 눈빛이다. 그녀는 마음이 쑥 가라앉는 기분이 들었다. 그녀도 어른들을 믿지 않았던 시절이 있었다. 지금도 종종 그렇고. 민초아이스크림이 나오자 수지는 천천히 입으로 아이스크림을 옮겼다.

"난 아무래도 실력이 없나봐. 내 꿈이 멋있는 형사가 돼서 나쁜 놈들 다 잡아넣는 거였는데. 어휴. 뭐 하나 알아낸 게 없어."

황하리는 어깨를 축 늘어뜨리고 최대한 불쌍한 표정을 지었다.

"이동호는 강성재랑 친했어요. 이동호가 다쳤던 날, 그날도 강성재랑 있었을거에요. 매일 어울리니까. 아 혹시 이 영상 보셨어요?"

수지가 핸드폰을 내밀었다. 화면에는 강인재 의원의 아들, 학교폭력. 진실이라는 유투브 썸네일이 쓰여 있었다. 게시날짜는 10월 14일. 영상 속에는 강성재와 그의 아버지 강인문 의원이 나왔다. 강성재는 권다영을 괴롭힌 아이들을 말리지 못해 죄송하다고 되어있다. 강인문 의원도 아들 키우는 부모 심정을 이해해달라, 부족한 점 죄송하고 고쳐나가겠다며 눈물로 호소했다.

"응. 난 이번에 봤어. 근데 왜 굳이 강성재는 왜 기자회견까지 하면서 이 사실을 고백했을까. 혹시 강성재도 탄저균과 협박문을 받은 건 아닐까."

"그럴 수도 있죠. 걔네들 5명. 권다영 괴롭히던 악마들이니까."

"다영이는 어떤 애였니?"

수지의 눈동자가 잠시 테이블 끝에 머물다 갔다.

"따뜻하고 친절한 애였어요. 예쁘고 똑똑하고."

"혹시 네가 박지우랑 장소정한테 탄저균하고 협박문 보냈니?"

"제가 그랬다고 생각하세요?"

"아니. 그냥 한번 떠봤어."

황하리는 남은 아이스크림을 입속으로 가져갔다.

"널 왜 불렀는지 안 묻길래. 혹시 뭔가 알고 있나 했지."

수지는 뭐 이런 형사가 있냐는 눈빛으로 황하리를 쳐다보았다. 그녀의 손이 살짝 떨리는 것을 황하리는 알지 못했다.

아파트에서 뛰어내린 권다영을 가장 먼저 발견해 119에 신고한 사람은 1학년 2반 3번 구우진 학생이었다. 그는 조용하고 튀지 않는 모범생이었다. 황하리는 반 학생들의 SNS를 하나하나 살펴보았는데 반학생들 25명중 5명 정도만 인스타그램이나 페이스북을 하지 않았고, 그 학생 중 하나가 구우진이었다. 황하리는 구우진을 다시 만났다. 보통 키에 앞머리는 내리고 안경을 쓰고 있다. 몸은 호리호리한 편으로 고1보다는 중3처럼 느껴지는 소년이었다. 어디서나 볼 수 있고, 스쳐가도 기억에 남지 않을 소년은 황하리에게 정중하게 고개인사를 했다.

"얼마 전 자살한 권다영 학생. 119에 처음 신고한 게 너더라. 힘들겠지만 자세히 이야기 해줄 수 있을까."

"그날은 우연히 그곳을 지나가다 발견한 거예요."

"우연히?"

"학교 끝나고 집으로 가는 길이에요."

"그렇구나."

"픽 소리가 나서 보니까 땅바닥에 누군가 엎드려 누워있었어요. 우리학교 교복이 보여서 뛰어가보니까 우리 반 권다영이었어요. 그래서 바로 신고했구요."

구우진의 얼굴에 쓸쓸함이 스쳐갔다.

"많이 놀랐겠구나."

소년은 말없이 고개를 끄덕였다.

"다영이랑은 친했니?"

"아니요. 제대로 이야기 해본 적도 없어요."

"그래. 너 별명이 모범생이더라. 공부 잘하나봐?"

"뭐, 그냥요."

구우진은 고개를 숙이고 부끄럽다는 듯 앞머리를 털었다.

"혹시 다영이 복수를 할 만한 사람은 있을까."

"복수요?"

"응. 나는 누군가 다영이의 복수를 하고 있다고 생각해. 왜? 너무 뜬금없는 추린가."

"아뇨. 그냥 너무 영화 같은 이야기라 좀 놀랐어요. 형사님은 누구라고 생각하시는대요?"

"글쎄. 범인은 그들의 관계를 잘 아는 사람이라고 생각해. 그러니까. 1학년 2반 학생 중 하나야. 방식을 보면 직접적인

폭력을 가하거나 해하지 않았어. 독성을 제거한 탄저균까지 만들 수 있는 지식을 가진 사람이야. 그런 사람이 굳이 서로의 관계성을 이용했어. 지켜봤지. 그들이 무너지고, 서로에게 폭력을 가하는걸."

"뭔가 기분 나쁘고 끔찍하네요. 반애들 중에 그런 애가 있다니까요. 그럼 이동호를 그렇게 만든 사람이, 권다영의 복수를 하는 사람이란 거에요?"

"그건 확실치 않지만 아무튼 다 연결되어있는 느낌이 들어."

"아참. 박지우가 권다영을 좋아했었어요. 학기 초에."

구우진은 황하리의 말에 눈이 동그래졌다.

"자세히 말해봐."

"그냥 소문인데요. 누가 박지우가 고백하는 걸 들었고, 그것 때문에 안채미가 권다영을 미워했다는 소문도 돌았어요. 혹시 박지우가 아닐까요? 탄저균이랑 협박문을 보내고 이동호를 그렇게 만든 사람."

황하리가 공터에 도착하자 컴컴한 밤이었다. 바람 소리만 휭 하니 불고, 인기척 하나 없었다. 황하리는 주머니 속에 두 손을 넣었다. 어디선가 고양이 울음소리가 들렸다. 뒤쪽에서 발자국 소리가 들렸고, 커다란 그림자가 황하리에게 다가왔다.

황하리가 뒤돌아보자 키가 185정도로 크고 건장한 체격의 박지우가 서있었다. 츄리닝에 점퍼를 걸쳤고 얼굴은 그림자가

져서 어두웠다.

"황하리 형사님?"

"박지우 학생?"

박지우는 교복을 입지 않으면 누가봐도 성인처럼 보이는 키와 덩치였다.

"이동호를 누가 그랬는지 알거 같다는 거 진짜니?"

"강성재는 이동호를 시켜서 권다영의 복수를 하는 놈을 찾고 있었어요. 이동호는 그놈을 알아낸 거 같아요. 그래서 저런 꼴이 난거구요."

"그게 누군데?"

"구우진이요. 이동호가 구우진에 대해 뒷조사하고 다녔다는 소문이 있어요."

'구우진이라면 모범생?'

범인은 탄저균을 만들 만한 능력이 있는 인물이며, 이들의 관계성도 충분히 알고 있는 자일 것이다. 탄저균과 협박문을 시작으로, 이 관계는 엉망진창이 되었다. 우연일까, 이 모든 것을 계산한 필연일까. 구우진이 이 모든게 가능할까? 구우진은 오히려 박지우가 의심스러운 것처럼 이야기했다.

"너, 다영이 좋아했다며?"

"좋아하긴. 어떤 새끼가 그래요? 안채미가 괜히 오해하고 날뛴거지. 오히려 내가 피해자에요. 권다영 괴롭혔다고 소문나는 바람에 아무것도 못하지. 엄마는 쪽팔리다고 지랄하지.

전학간 학교에서도 여기저기 학폭 가해자라고 수군거리지. 그쪽 새끼들이 나 전학가자마자 밟아놔야 한다고 이 꼴로 만들어놨다니까. 어휴 미친년 하나 뒤지는 바람에 진짜."

달빛에 들어난 박지우의 얼굴은 만신창이였다. 눈두덩이는 커다랗게 부어있고, 귀에는 붕대를 감았다.

"괴롭힐 때 그 정도 각오는 했어야지."

"괴롭히긴 뭘 괴롭혀요. 그냥 친구들끼리 장난 좀 친 거 가지고, 권다영이 오바해서 뒤진 거지."

"이 사건 그냥 안 넘어갈거야. 이동호 사건 해결하면 정식으로 다영이 사건도 조사할거니까 각오해."

"우리 엄마가 누군지 알아? 너같은 기집애 하나 금방 짜를 수 있어. 이동호 그렇게 만든 새끼나 닥치고 빨리 찾아."

"겁나는구나? 너도 어떻게 될까봐."

"야이씨 죽고 싶어?"

박지우는 입술을 꽉 깨물고 얼굴이 시뻘게져 황하리에게 달려들었다. 황하리보다 키가 20센티나 크고 덩치가 큰 박지우는 금방이라도 황하리의 가는 목을 비틀 것만 같았다. 그녀는 박지우의 명치를 팔꿈치로 강타하고, 겨드랑이 사이로 들어가 그대로 엎어치기 했다. 바닥으로 쓰러진 박지우가 고통에 꿈틀거리면서 미간을 구겼다.

"너, 공무집행 방해 혐의 추가야."

황하리의 전화벨이 울렸다. 사건 당일 산에서 이동호를 본 목격자가 나타났다는 소식이다. 목격자는 권다훈. K중학교 2학생으로 권다영의 동생이었다.

경찰서에 앉아 있는 권다훈은 교복을 입고 있었다. 누나를 닮아 눈이 크고 차분한 소년이었다. 10월 18일. 밤 9시경. 이동호와 강성재가 같이 산으로 가는 것을 봤다고 했다. 누나 일로 물어보러 이동호를 찾아갔다가 그들을 목격했고, 겁이 나서 숨어서 지켜보았다. 그리고 이동호에게 그런 일이 벌어지자 119에 신고 한 채 집으로 실제로 119에 신고된 목소리와 권다훈의 목소리는 음성이 같았다.

다훈은 핸드폰으로 찍은 영상을 황하리에게 보여주었는데 1분 정도 길이의 짧은 영상 안에는 강성재가 이동호의 얼굴과 머리를 돌로 내리치는 장면이 고스란히 찍혀있었다. 확실한 증거로 인해 강성재는 긴급 체포되었다. 강성재는 자신이 그러지 않았다고 소리를 질렀지만, 경찰은 강성재의 DNA를 채취하였고, 검사 결과 이동호의 손톱 밑에서 나온 DNA와 강성재의 DNA가 일치했다.

경찰은 산 밑으로 던진 피 묻은 돌덩이를 찾아냈고, 절대로 그런 일이 없다던 강성재는 침묵으로 일관했다. 그러던 와중 이동호의 의식이 돌아왔다. 의식이 돌아온 이동호는 범인으로 강성재를 지목했다. 그리고 다시 긴 잠에 빠졌다.

모범생

　알람이 울렸다. 우진은 침대에서 일어났다. 잠든 적 없으니 깬 것도 아니다. 시간은 아침 6시. 세수를 하고 스팀으로 다려진 교복을 꺼내 입었다. 우진의 방은 화이트 톤과 블랙이 어우러져 깔끔했고, 먼지 하나 없었다. 책장 위에는 코베르트 코흐와 파스퇴르 등의 이름이 쓰인 영문 책들이 가득하다. 80평대 아파트, 넓은 거실엔 사람의 온기가 없다. 책장 한쪽에는 우진이 어릴 적 받은 상장이 빼곡하게 있다. 경시대회, 생물 올림피아드, 발명품대회. 등등.

　1등 아들. 우진은 엄친아다. 우진의 엄마는 소위 천재로 책을 읽으면 그 내용을 줄줄 외울 정도로 머리가 좋았다. 엄마는 자식보다는 자신이 중요한 사람이었고, 우진이 주체적으로 자라길 바랐다. 엄마와 아빠는 우진이 9살 때 이혼을 했다. 아빠는 좀 모자란 낭만주의자였다. 언제나 논리적이었던 엄마와 언제나 감상적이었던 아빠는 사랑에 잠시 빠졌었지만, 사랑의 마법이 끝나자 대화는 물론 싸움조차 되지 않았다. 우진의 교육과 진로에 대해서도 전혀 다른 입장을 보였고 갈등으로 이어졌다. 전직 태권도선수였던 아빠는 바람을 피워 위자료 한 푼 못 받고 쫓겨났다. 일 년 후 교통사고로 죽었는데 엄마가 장례식도 가지 못하게 했다. '엄마가 아빠를 사고로 가장해 죽인 건 아닐까' 우진은 생각했다. 원하는 건 가져야 하고 갖지 못하면 파괴시킨다. 우진의 엄마는 그런 사람이었다. 아무도 그걸 모르고 있지만 우진은 안다. 우진은 엄마를 닮았기 때문이다.

우진은 엄마가 출장 가기 전 챙겨둔 시리얼과 우유가 보였지만 아무것도 입에 대지 않았다. 정확히 6시 10분에 전화가 울렸다.

"아들 일어났어?"

전화수화기 너머의 엄마 목소리는 잠겨있었다.

"네."

"밥 잘 챙겨먹고, 건강이 최고야."

우진의 엄마는 국제변호사로 노동자들을 수십명 죽게 한 외국계회사를 변호하는 일을 맡고 있다. 죽음은 죽은 자들의 책임이라 말한다. 유가족들에게 남은 희망 하나를 표정하나

변하지 않고 빼앗아버린다. 그런 엄마를 보고 세상은 유능하다 말한다.

"사랑해. 아들."

"네, 저도 사랑해요."

사랑한다는 말은 마법 같아서, 이 말을 하면 어른들은 모든 것이 순탄하게 돌아가고 있다고 착각한다. 우진은 지금 고1이 될 때까지. 한 번도 반항하지 않는 아들이었다. 제대로 된 성적과 적당한 리액션 이 두 가지만 있으면 누군가의 아들로, 학생으로 무난하게 살 수 있다. 세상은 의도를 드러내지 않는 편이 편하다. 사람들은 보이는 것만 믿으니까.

우진은 가방을 메고 집을 나갔다. 9월말이 되자 초겨울 냄새가 났다. 푸르스름한 새벽하늘 아래로 아침 일찍 움직이는 사람들이 보였다. 이곳은 학교 가는 길과는 정반대다. 5분 정도 오르막길을 걸어 올라가자 편의점이 나왔다. 그 너머로 그녀가 보였다. 낡은 편의점 조끼를 입고 어깨까지 내린 머리, 옆으로 긴 눈의 그녀는 팔다리는 길고 마른대다가 헐렁하게 옷을 입어서 남의 옷을 입은 소녀같다. 그녀가 일하는 시간은 새벽 3시부터 아침 6시 30분까지다. 그렇게 알바를 마치고 집에 가서 할머니와 남동생의 아침을 챙겨준 다음 학교에 간다. 사실 우진은 그녀의 집도 알고 있어서 편의점에 오지 않아도 되긴 하는데, 그는 창문너머의 낯선 그녀를 보는 게 재밌었다. 비루하고 추리한 삶 한가운데 바지런히 움직이는 그녀를 보면

콘크리트를 뚫고 나오는 들꽃이 떠올랐다.

'왜 저렇게 죽지도 않고 살아갈까.'

그녀는 편의점 조끼를 벗고 싸구려 솜 점퍼를 껴입고 나왔다. 이른 추위가 시작되었다. 어제까지 비가 와서 기온은 더 떨어졌다. 바닥은 눅진하고 축축하고 코가 시렸다. 그녀는 손가락으로 머리카락을 쓸어 고무줄로 헝클어진 머리를 다시 둘둘 만다. 작은 어깨에 두 손을 꾹 주머니에 넣고 이어폰을 끼고 가는데 보폭이 다른 이들보다 넓다. 그녀의 팔목에는 비닐봉투가 하나 끼워져 있다. 툭 튀어나온 모양새가 도시락 같다. 아마도 유통기한이 임박한 도시락을 오늘도 받은 모양이다. 그녀가 걸을 때마다 무릎에 도시락이 닿았다. 그녀는 팔을 쭉 뻗어 도시락을 수평으로 유지하고 무릎에 닿지 않게했다. 우진은 그 뒤를 따라 걸어간다. 보폭 넓은 그녀의 발걸음은 신기하게 우진에게 따라잡히지 않는다.

그녀는 쌀쌀한 아침 공기를 가르며 골목으로 들어가 가장 허름한 녹색 대문으로 들어간다. 우진은 서서 지하의 창문 불이 켜지는 것을 지켜본다.

20분 정도 후에 교복으로 갈아입은 그녀가 나온다. 그녀는 낡은 재개발 구역에 잘 어울리는 낡은 남색 코트를 입고 반짝이는 눈을 한다. 우진은 그녀가 나오는 걸 확인한 후 오른쪽을 지나 골목을 앞질러 큰길로 나간다. 발걸음과 숫자를 세면서 모퉁이를 돌면 그녀가 그의 앞을 지나간다.

"어, 구우진!"

그녀가 우진의 이름을 불렀다. 우진은 아무런 인사도 말도 하지 않는다.

"요새 자주 보네? 나 저 밑에 편의점에서 월수금. 새벽에 알바해. 놀러와."

우진은 그녀의 말에 고개만 한번 끄덕일 뿐 대답하지 않는다. 섣부른 친밀감은 실망만이 남겨준다. 우진이 책으로 배운 세상은 그러했고 실제로도 그랬다. 말이 많으면 실수한다. 먼저 감정을 드러내면 손해 본다. 적극적인 자가 책임을 져야한다. 이러저러한 이유로 우진은 누구와도 거리를 두는 삶을 살고 있다. 그것이 싫지도 좋지도 않았다. 산다는 건 별로 근사한 일은 아니니까.

10대 때는 눈뜨고 감을 때까지 공부를 해야 한다. 20대는 눈뜨고 감을 때까지 취업을 해야 한다. 30대부터 죽을 때까지 가면을 쓴 채 쭉 일해야 한다. 슬퍼도 기쁜 척, 기뻐도 힘든 척, 힘들어도 괜찮은 척. 우진은 그런 어른이 되지 않기 위해 계획이 있다. 스무 살이 될 때까지는 엄마의 엄친아로 남을 것이고, 그 이후가 되면 혼자 호주 골드코스트 해변으로 떠날 거다. 물론 엄마 몰래.

그게 우진의 목표였다. 그곳에 가려면 필요한 것은 20살이라는 나이와 돈, 이 두 가지뿐이다. 돈을 마련하기 위해 우진은 기회가 있을 때마다 미생물학 공모전에 공모했다. 가장 큰 공모전의 상금은 1억이다. 우진은 무려 10년 전부터 각종 대회에 나가서 수상했고, 친척과 엄마, 아빠의 지인들에게 받은 돈 또한 차곡차곡 모아 통장에는 3억이란 돈이 있다.

우진은 그녀의 옆얼굴을 본다. 바람이 불자 그녀의 머리카락에서 싸구려 샴푸냄새가 풍겼다. 오늘도 '그날 일'에 대한 언급은 없다. 정문 앞에 오자 그녀는 여학생들에게 휩싸이고 우진은 홀로 걸어간다.

학교 안, 아이들이 똑같은 옷을 입고 똑같은 방향으로 걷는다. 우진은 그 광경에 미간이 찌푸려졌다. 학교의 다른 이름은 감옥이 아닐까. 호르몬이 왕성하여 웃고 떠들고, 날뛰는 이들을 똑같은 옷을 입혀 가둬둔다. 아무리 가두더라도 그 에너지는 어디로든 튄다. 그래서 감정의 쓰레기통이 필요하다. 그 방법 중 가장 쉬운 것은 누구를 정해서 괴롭히는 것이다. 공공의 적을 만들어 서로에게 칼을 들이밀지 않는 고전적인 방법이다.

학교는 정글이다. 그 정글 안에는 3가지 부류가 있다.

첫 번째는 포식자. 방금 우진을 앞서갔던 덩치가 큰 박지우 같은 인간. 고1임에도 불구하고 185센티미터의 큰 키에 성인보다 몸이 좋다. 햇볕에 그을린 얼굴로 잘생기지는 않았지만 넓은 턱에 스포츠를 잘한다. 중학교 때까지 농구부였는데 같은 부원을 때려서 쫓겨났다는 소문이 있다. 그는 걸핏하면 폭력을 행사한다.

그 다음은 저 앞에 천천히 걸어가는 강성재. 175센티미터의 키에 귀공자처럼 생긴 얼굴이지만 비열하다. 아버지가 강인문 국회의원이다. 내년 3선을 준비하고 있다고 했다. 강성재는 수업시간에 엎드려 잠만 자는데 선생님도 못 건드린다. 유학 시절 사람을 총으로 쏴 죽여 한국으로 도피했다는 소문이 있다.

그리고 그 뒤를 따라 뛰어가는 이동호, 여자애들하고도 친하고 공부 잘 하는 무리와도 친하며 정보가 빠르고 잡지식이 많다. 머리 회전이 빨라 늘 자신의 이익을 생각한다. 매번 주식 투자 어쩌구 이야기하고 이상하고 재밌는 괴담도 많이 안다. 그가 이야기하면 여자들이 깔깔거린다. 지독한 노안으로 어쩌면 열일곱 살이 아니라 서른일곱 살이 아닐까. 생각한다. 박지우와 강성재 사이에는 팽팽한 긴장감이 돌았고 그것을 중재하는 것은 늘 이동호다.

그리고 여자애들 중 포식자는 안채미와 장소정이다. 안채미는 하얀 얼굴에 팔다리가 길다. 아이돌을 준비했을 정도로 예쁘고, 지금도 SNS에 사진을 올리면 협찬문의가 쏟아진다. 엄마는 전직모델, 아빠는 변호사며 집안도 좋다. 가지고 있는 모든 것이 명품이며 여자애들이 아부를 하며 동경한다. 그 점을 잘 알고 아이들을 부려먹고 시키는 것을 잘하면 명품화장품도 선물로 준다. 안채미는 남자애들을 문어발식으로 어장관리를 하면서 그들이 주는 혜택만 고스란히 받고 있다. 안채미가 힘들어. 짜증나. 귀찮아. 나 어떡해. 라고 하면 그들이 다 한다.

채미여신님. 채미덕질. 이 두 단어가 지금도 유행이다.

장소정은 키가 175에 살집이 있어서 반에서 남자 애들보다 덩치가 크다. 힘이 세고 입이 거칠고 말보다 주먹이 먼저 나간다. 여자애들뿐 아니라 남자애들도 장소정을 무서워한다.

장소정의 아빠가 조폭이라는 소문이 있지만 사실은 주먹 쓰는 상대는 소정의 엄마뿐인 동네진상 백수다. 안채미는 가끔 장소정에게 달라붙어 애교를 피우는데 그러면 장소정은 다 넘어간다. 한마디로 안채미의 행동대장이다. 장소정은 그 댓가로 안채미가 자신에게만 집중하길 바라는데, 안채미는 그녀를 따돌리고 연기학원 친구들과 어울린다. 안채미에게 장소정은 시녀겸 보디가드일뿐이다.

그들 다섯 명 사이에 팽팽한 긴장감을 해소시키는데 놀이감의 존재가 필요하다. 이렇게 5명은 노래방에 매번 놀이감을 데려간다. 노래를 부르게 하고 웃긴 춤을 시켜 깔깔거리고 논다. 놀이감만 걸리는 벌칙을 만들어 간장을 탄 콜라를 마시게 한다. 시키는 대로 하지 않으면 돌려가면서 놀이감을 때린다. 때론 기절할 때도 있지만 그땐 정신이 들 때까지 기다렸다 또 때린다.

이들 사이에 의리라곤 없다. 그저 서로가 서로에게 필요한 존재일 뿐. 친구라는 이름으로 포장했지만 그들의 상하관계나 서열은 어떤 조직보다 뚜렷하다. 먹고 먹히는 관계다.

그리고 나머지는 이곳저곳에도 섞이지 않은 방관자들이다.

대부분의 아이들이 이곳에 속하며 우진도 이쪽이다. 그들은 소란스럽지 않게 끼리끼리 모여서 논다. 대부분 포식자들의 심기만 거스르지 않으면 방관자의 삶을 살 수 있다. 적당히 포식자를 맞춰주고, 적당히 모른 척 하면서 하루하루를 지낸다.

마지막으로는 먹이다. 포식자에게 찍힌 나약한 존재들이자 그들의 놀이감이다. 포식자의 심기를 거슬렀거나, 방관자들에게서 떨어져 나가버렸거나, 괴롭히기 좋거나, 만만하거나.

먹이는 한번 찍히면 죽을 때까지 먹이가 된다. 우진은 S고등학교의 입구 위에 걸린 현수막을 보았다. 폭력 없는 학교. 소위 학교폭력에서 자유로운 학교 캠페인 기간 중이다. 웃음이 터져 나왔다.

운명은 한순간에 바뀐다. 레슬링 시합에서 뒤집기 한판으로 전세가 역전되듯. 그녀는 한순간에 먹이로 추락했다. 그녀가 처음부터 괴롭힘의 표적이 된 것은 아니었다. 고1이 되고 학년 초에 먹이감 하나가 포착되었다. 박수진이라는 여자애인데 허름한 차림에 운동화도 더러웠다. 수진은 뿔테안경, 단발머리에 손등을 덮은 큰 교복을 입었다. 여자아이들, 정확히는 장소정을 중심으로 한 패거리들이 수진의 운동화를 발로 차고 놀기 시작하고, 그 모습을 안채미는 깔깔거리면서 웃었다. 사건은 안채미가 다니는 연기학원에서 수진을 마주친 것으로 시작되었다. 수진처럼 허름하고 못생기고 가난한 아이가 자신과 같은 학원에 다니는 게 채미에겐 참을 수 없이 수치스러웠던 모양이다. 매번 놀이감이 되어 당하는 수진은 아무 말도 못하고 고개만 처박고 있었다. 장소정이 슬리퍼로 수진의 머리통을 열한 번째 날릴 때도 가만있었다. 그때 참다못한 그녀가 수진을 가로막고 그만하라고 안채미에게 대든 것이 화근이었다. 아이들은 타깃을 그녀에게로 옮겨갔다.

우진은 그녀가 괴롭힘 당하는 것을 알고 있었지만 방관자로 지냈다. 나서서 그녀를 도와주게 되면 그들은 자연스레 우진에게 방향을 틀게 뻔했다. 우진은 일부러 튀지 않게 행동했다. 성적만 상위권으로 유지했고, 적도, 편도 만들지 않았다. 이 모든 것은 3년 후 호주로 떠날 계획 때문이었다. 그때까지 철저히 엄마를 안심시켜야했다.

우진은 장소정 안채미가 그녀의 핸드폰을 4층 창문에서 밖으로 던질 때도, 책상에 입에 담지 못할 낙서를 할 때도, 목을 졸라 기절시킬 때도, 언제나처럼 방관자로 지냈다. 그저 오늘 하루의 배경중 하나처럼 여기며 이어폰을 끼고 공부를 했다. 딱 한번 그녀가 우진의 눈동자에서 눈길을 멈췄다가 거뒀다. 그리고 그 다음날 그녀가 옥상에서 떨어져 죽었다.

왜, 죽은 것은 그들이 아닌 그녀였을까.

어쩌면 그 눈빛은 도와달라는 뜻이었을까. 우진의 심장이 쿡- 하고 쑤셨다.

복수에는 동기와 이유가 있다. 왜 우진이 그녀의 복수를 하느냐.

우진이 그만큼 그녀를 좋아한 것일까. 일반사람들의 기준에서 묻는다면 할 말이 없다. 사실 인생을 걸고 복수를 해줄 사이는 아니었다. 개인적으로 말을 나눈 시간을 합치면 총 10분이 될까 말까다.

그녀의 비루한 삶을 지켜보며 대체 우진을 뭘 알고 싶었을까.

무엇보다 그의 진짜 모습을 아는 유일한 존재가 소멸되었다는 게 더없이 큰 상실감으로 다가왔다. 그것은 우주가 사라지는 것과 같다. 우진은 극심한 외로움을 느꼈다. 사람은 외로움 때문에 죽기도 한다. 혹시 그녀도 외로웠을까.

우진도 복수에 대해 고민은 했다. 들키지 않을 자신은 있었지만 꽤 귀찮은 일과 수고를 해야 한다. 계획대로 되지 않을 최악의 경우, 평생 엄마의 엄친아로 살아야한다. 그것은 사형선고를 받는 것과 같다. 이런 여러 가지 이유로 섣불리 결정할 수 있는 문제가 아니었다.

그런 우진의 결심을 굳혀준 건 포식자들이 내는 소리 때문이었다. 그녀의 장례식 날, 안채미는 훌쩍 훌쩍 우는 척하다 거울을 들여다보며 얼굴을 정리했고, 장소정은 화가 난 듯 볼에 푸-푸- 바람을 불어넣었다. 박지우는 길고 근육이 붙은 다리를 쭉 펴고 덜덜 떨었다. 강성재는 엎드려 자며 킁킁- 코를 골았고 이동호는 껄렁 껄렁 걸어가 누군가 그녀의 책상에 올려놓은 쿵쿵 꽃냄새를 맡았다. 나머지 20명의 학생들은 조용하고 고요했다.

'아, 거슬려.'

저것들이 내는 소음과 냄새와 표정과 행동에 우진의 이마에 혈관이 툭- 하고 솟았다. 우진은 고개를 들어 그 아이들을 하나하나 살폈다. 목까지 구토가 치밀어 올랐다. 마치 이 세상에 존재하면 안 되는 생물체를 발견한 기분. 세상 어떤 박테리아를 마주해도 이런 메스꺼움은 느끼지 못할 것이다. 그의 목울대가 마음대로 꿈틀거렸다.

그녀를 죽인 다섯 명. 그들의 팽팽한 관계에 우진은 가위를 들이밀어 보기로 했다. 어떤 재밌는 그림이 만들어질까. 그녀가 하늘에서 꼭 지켜보길 바랬다.

우진은 그들에게 불안을 주기로 했다. 이들처럼 믿음과 신뢰가 없는 관계에서는 불안이 의심을 만든다. 의심이 얼마나 쉽게 관계를 무너뜨리는가. 우진은 부모님을 통해서도 종종 봐왔다.

우진은 맥주를 만드는 발효조로 탄저균을 배양했다. 탄저균은 하늘의 천벌이라 불리웠는데, 그들의 최후로 어울리는 이름이었다. 우진은 탄저균을 건조하여 작은 포자상태로 만들었다. 독성을 제거했고, 대신 알레르기를 일으키는 균을 참가해 넣었다. 백색가루로 만들어 작은 비밀봉투에 담았고 협박문은 그녀, 권다영의 이름으로 작성하였다. 탄저균과 협박문을 넣은 우편물은 가장 먼저 박지우에게 배달되었다. 박지우는 쉽게 무너졌다. 그리고 나머지 아이들도 차례차례 도미노처럼 무너졌다.

포식자들

두 사람은 미리 준비해온 밀가루와 분필가루, 돌가루등을 적당히 섞어 가짜 탄저균을 만들어 비닐에 동봉했다. 협박 문구가 적힌 프린트도 함께 우편봉투에 넣었다.

이동호는 자연스레 장소정에게 건넸다.

"왜 나냐? 니가 해."

장소정은 이동호를 째려보았다.

"너 밖에 더 있냐."

이동호가 빙긋 웃었다. 폭파인 볼이 더 쑥 들어갔다. 장소정은 눈을 부라렸다.

"뒤질래?"

"니가 여자잖아. 체육복 갈아입을 때 안채미한테 가까이 접근하기도 편하고. 엉? 괜히 내가 접근했다가 걸리면 너랑 나랑 끝이야. 알지? 안채미 아빠 변호산거."

소정은 손등이 간지러웠다. 슬쩍 손등을 보니 23호 컨실러를 바른 피부 겉면에 붉은 자국이 올라오고 있었다. 장소정은 이동호 몰래 옷소매를 내리고 어쩔 수 없이 우편봉투를 받아 들었다. 이동호를 슬쩍 바라보았다. 그는 뻐드렁니를 들어내며 웃었다.

'이놈은 아무것도 몰라.'

이동호는 책상에 엎드려있는 강성재를 흘깃 바라보았다. 강성재의 태도가 변함없는 것을 보아 그는 이동호가 몰래 넣은 탄저균과 협박문을 아직 보지 않은 모양이다. 사실 이동호는 가짜 탄저균 가루와 협박문을 하나 더 만들어 장소정에게 말하지 않고 강성재의 가방에도 넣었다.

'이번 일을 잘 활용하면 좋은 기회야 될거야.'

이동호는 고등학교 들어가서 깨달았다. 자신은 성적도 안좋다. 공부는 싫다. 해도 성적이 안 나온다. 잘하는 특기도 없다. 어찌어찌 맞춰서 지방대 가봤자 졸업하면 취직이 또 문제다. 집은 받쳐주질 못하고, 고시원에서 살면서 취직준비나 하면서 평생을 살 생각을 하니까, 가슴이 턱하고 막혀왔다. 아버지처럼 기술 배워서 남 밑에서 머리를 조아리다가 사채업자에게 쫓기기는 싫다. 엄마처럼 남의 가게 설거지를 하다가 몸을 아작 내긴 싫다. 머리 조아릴 거면 이왕이면 힘있는 자에게 조아려야 콩고물이라도 떨어지지 않을까. 나약해진 사람은 남을 쉽게 믿는다. 17살 이동호가 터득한 진리였다. 강성재가 탄저균을 발견하면 분명히 혼란스러워 할 것이고, 그때 강성재에게 믿을 만한 친구가 되어 더 가까워지려고 하는 계획이었다.

'눈치 없는 놈. 가방을 대체 언제 열어볼거야?'

이동호의 생각대로 강성재는 가방 안에 뭐가 든지도 몰랐다.

강성재는 이틀 후 아버지에게 불려갔다. 주름에 보톡스를 맞은 지 얼마 안 된 아버지의 얼굴이 터질 듯 팽팽했다.

"이게 뭐냐"

엘리트 코스를 걸어온 아버지. 그가 산이라면 강성재는 이끼였다. 아버지에게 붙어 떨어지지 않는 이끼. 아버지의 거대한 책상 앞에 우편봉투가 놓여있었다. 강성재는 뻣뻣하게 굳은 목을 앞으로 숙였다.

"본인 가방에 뭐가 들었는지도 모르냐. 학생이?"

아버지가 비닐봉투와 종이를 꺼냈다. 비닐봉투 안에는 흰 가루가 들어있었고, 종이에는 탄저균을 동봉했으니 48시간 안에 죽는다. 죽기 싫으면 권다영의 죽음에 대해 공개적으로 사과하라. 라는 문구가 적혀있었다.

"아. 그거. 아무것도 아니에요. 누가 장난친거에요. 요새 유행하는 장난이라고요."

"장난? 이게 기사화되면 얼마나 타격이 있을지 몰라서 그래?"

"아니라니까요."

아버지의 두꺼운 손바닥이 강성재의 따귀를 때렸다. 익숙한 아픔이다.

"멍청하긴."

인터넷에 죽은 권다영이 썼다는 유서가 올라가있는데 거기 강성재 이름이 있었다. 그 때문인지, 그전에 강성재가 벌였던 학교폭력도 다시 회자가 되었다.

"니가 했든 안 했든 공개적으로 사과해라. 어차피 실형은 어려울테니, 정직한 걸로 나가면 자식 둔 부모들한테 공감은 얻을 수 있을 거다. 아니면 이번엔 한국 나가서 다신 못 들어올 줄 알아라."

강성재는 강제로 미국유학을 가야했다. 그는 2년전 그곳에서 학생을 하나 총으로 쏴 죽였다. 그 학생이 멍청하다고 한 게 이유였다. 강성재는 멍청하다는 단어에 정신이 나가버렸다. 그 사건 묻으려고 아버지가 큰 돈을 주고 노숙자를 샀었다. 외국인 노숙자는 강성재가 죽인 학생을 자신이 죽였다며 가짜 자백을 하고 실형을 살았다. 그때 학생의 유가족이 아직까지 강성재를 의심하고 있었으므로 미국은 무덤보다 가기 싫었다.

강성재는 그날 저녁 기자회견 자리에서 사과했다. 권다영의 죽음이 자신을 제외한 4명의 학생들 때문이고, 자신의 직접적인 괴롭힘은 없었지만 그들을 말리지 못해서 미안하다는 말을 했다. 강성재 아버지는 자식을 잘못 키운 제 탓이 크다면서 고개를 숙이고 눈물을 보였다. 강성재를 꽉 껴안고 이마를 대는 퍼포먼스도 빼놓지 않았다. 앞으로 반성하면서 피해자 가족들이 편안하게 지내도록 돕겠다는 말도 남겼다. 유튜브 조회수는 금방 200만이 넘었고, 자식은 부모 마음대로 되지 않는다는 동정론이 대두되었으며 강인문 의원의 지지율은 소폭 상승했다.

강성재는 권다영의 죽음이 아무렇지 않았다. 어쨌든 저쨌든 죽음을 선택한 권다영이 바보다. 학교폭력이라는 건 시간이 지나면 잊힌다. 권다영의 죽음 또한 잊힐 것이라 장담한다. 근데 대체 누가 권다영의 복수를 하는 걸까?

1학년 2반. 학생 수는 총 25명. 그중 누군가 범인이 있을까. 강성재는 탄저균과 협박문을 보낸 범인을 찾기로 했다.

"권다영 걔 묻힌 대를 내가 왜 가요, 재수 없게."

"의원님 지시입니다."

강성재의 아버지가 권다영의 납골당에 가서 사죄하는 사진을 담아오라고 했다. 강성재의 궁시렁거림에도 불구하고, 운전기사는 사전에 위치를 전달 받은 듯 강성재를 태운 차는 서울 근교로 달렸다. 20분 정도 달리자, Y수목장이라는 대형 석조물이 보였다. 그 앞에 주차를 했고, 운전기사는 권다영이 묻힌 위치가 적힌 장소를 강성재에게 가르쳐주었다.

수목장 내부는 넓은 잔디가 쭉 깔려있었고 양쪽으로는 묘목들이 보였다. 거기서 허리 중간까지 오는 나무아래 권다영이란 이름과 새 모양의 그림이 보였다. 햇볕이 잘 드는 가장 좋은 자리였다. 집도 가난하고 돌봐줘야하는 가족만 주렁주렁 달렸다던데. 무슨 돈이 있어서 이 자리를 차지했을까.

일단 묵념하는 것처럼 고개를 숙이고 한쪽 팔을 뻗어 셀카를 찍어보았다. 표정은 최대한 불쌍해 보여야한다. 동정심은 판단력을 흐리게 한다. 사람들은 그의 아버지가 잘했을 때보다 불쌍해 보일 때 표를 주었다. 아버지는 정치를 공감이라 했다.

강성재는 그곳에서 낯익은 뒤통수를 보았다. 키는 크지도 작지도 않고, 얼굴도 못생기지도 잘생기지도 않은 소년. 분명히 강성재와 같은 반은 확실한데 아무 기억이 없다. 무색무취 같은 소년. 맞다. 3번!

3번 이름이 구우진이라는 것을 기억해내는데도 한참을 걸렸다. 강성재는 몸을 숨기고 그를 지켜보았다. 권다영이 묻힌 곳으로 걸어오더니 고개를 숙이며 묵념했다.

'어? 구우진이 권다영과 친했던가?'

이상하게 한 번도 그를 신경 쓴 적이 없다. 구우진은 묘하게 존재감이 없는 학생이다. 튀지도 않고 적도 만들지 않았다. 강성재는 수목장에서 돌아오는 차안에서 구우진의 인스타와 페이스북을 찾았다. 없다.

강성재는 이동호를 불러냈다. 이동호는 교복위에 떡볶이 코트를 걸쳐 입고 당근마켓 거래를 마치고 오는 길이었다. 같은 반 친구인 이동호는 약아 빠졌지만 귀찮은 일을 돈 주면 다 하기 때문에 옆에 뒀다. 언제나 친구란 이름의 심부름꾼은 필요한 법이다.

"구우진? 아, 손 소독제 가지고 다니는 애? 근데 갑자기 구우진은 왜?"

"말해봐. 걔에 대해서 아는 거 뭔데."

"걔? 음… 걔는 그냥 모범생이잖아."

"전번 줘봐."

이동호는 학교 비상연락망을 찾아서 전해주었다.

강성재는 구우진의 전화번호를 입력하고 카톡에 친구 추가를 했다. 구우진의 카톡 프사를 보았다. 하늘을 가르는 새가 있는 사진이었다. 권다영의 전화번호도 입력하고 카톡 프사를 확인했다. 새가 하늘을 나는 사진이다.

이것들 봐라. 응?

"둘이 친했냐."

"몰라. 구우진은 누구랑 이야기하는 거 못 봤는데."

"둘이 카톡 프사가 똑같잖아."

"이거야 뭐 흔한 하늘이잖아. 앱에서 다운 받았나보지. 난 둘이 말하는 것도 못 봤는데."

"걔가 권다영 납골당에 왔다니까. 그 새끼가 뭔가 있어."

"걔가 권다영이름으로 협박문이라도 보냈다고 생각하는거야? 구우진 걔는 진짜 이런 일 할 애가 아니야. 존재감 없고 그냥 공부 꽤 잘하고 말도 없고 혼자 다니고 그래."

"좀 알아봐."

"아 진짜, 걔는 그럴만한 애가 아니라니까 그러네."

강성재의 눈빛이 바뀌면서 이동호를 차갑게 쳐다보았다.

"왜 니가 오바를 하냐?"

"아니 오바가 아니라. 나도 니가 갑자기 그런 영상을 올리는 바람에 좀 곤란해졌어. 엄마도 자꾸 진짜 죽은 개 괴롭혔냐고 귀찮게 물어보고."

"병신아. 애들 지랄할 때 넌 가만있었냐? 재밌다고 낄낄, 그녀 머리 나서서 갈길 땐 언제고. 빨리 가서 알아보기나 해."

"알았어."

이동호는 강성재의 냉랭한 눈빛에 냉큼 돌아서 뛰어갔다.

만약 권다영의 복수를 하고 있는 게 구우진이라면?

강성재는 마음속에 뜨거운 불이 솟았다. 앞으로 고등학교 생활은 이걸로 보내도 지루하지 않을 만큼 재밌어 질거 같다. 그런데 아무리 생각봐도 구우진은 그럴 인물이 아니다. 어쩌면 배후가 있을지도 모른다.

이동호는 강성재의 지시대로 구우진에 대해 알아 보았다.

1학년 2반. 3번. 말고는 구우진에 대한 정보가 없었다. 인스타 페북도 하지 않고 친구들과 어울리지도 않는다. 이동호는 중학교 때 구우진과 같은 학교를 나왔다는 아이를 수소문해서 겨우 그의 집이 최고급 아파트에 산다는 것과 중학교 때 부모님이 이혼했다는 것. 엄마가 유명한 국제변호사고 아버지는 태권도 금메달 선수라는 것. 아버지가 중1 때 차 사고로 사망했다는 것. 또 미생물학을 좋아해서 올림피아드에 여러 번 수상을 했다는 것. 형제는 없고 혼자라는 것을 알아냈다. 이동호는 강성재에게 구우진의 이력을 전했다.

"대박이지?"

"뭐가 대박이야. 병신 같은 새끼지."

강성재는 말은 그렇게 했지만 어쩌면, 구우진의 커리어라면 탄저균 따위 진짜로 금방 만들 수 있을지도 모른다는 생각이 들었다.

"구우진 데려와."

이동호는 구우진을 학교 뒤 산으로 불러냈다. 먼저 가서 기다리고 있던 강성재는 두 사람이 나타나자, 벤치에서 일어났다. 밤이었으므로, 등산객은 물론이고 지나가는 사람 하나 없었다. 군데군데 가로등만이 이들을 비췄다. 가까이서 제대로 본 구우진의 얼굴은 강성재가 생각하는 것보다 더 볼품없었다. 한없이 움츠러든 어깨와 왜소한 체격, 두꺼운 안경 너머로 비춰지는 두려운 눈빛은 이제껏 당해왔던 겁쟁이 놈들과 다른 점이 없다.

"구우진."

"무, 무슨 일이야."

구우진은 강성재와 이동호에게 둘러싸였다. 그의 손끝은 덜덜 떨리고, 눈빛은 주눅 들어있었다.

"왜. 왜 나를 왜 부른 거야."

강성재는 말까지 더듬는 구우진을 보고 김이 세어버렸다. '벌벌 떠는 이놈이 이 모든 일을 꾸민거라고? 그럴리가 없어!'

"너 누가 시켰어?"

구우진은 입을 다물며 고개를 숙였다.

"그, 그게 무슨 말이야."

"다 알고 있어. 니가 애들한테 탄저균 보냈잖아."

구우진은 커다랗게 뜬 눈으로 이동호를 쳐다보았다.

왜 이 순간 구우진의 눈동자가 이동호에게 설명이 필요한 눈빛을 보낼까. 그 눈빛을 강성재는 놓치지 않았다.

"누가 시켰냐고? 엉?"

"아, 성재야. 시키긴 누가 시켜 이놈이 그런 거지."

이동호가 옆에서 강성재의 말을 막자, 냉담한 눈길로 노려보았다.

"넌 닥치고 가만있어."

이동호는 순간 명치에서 불이 훅- 하고 올라왔지만 언제나 그렇듯 흐흐. 웃으면서 넘겼다. 이동호에게 있어 강성재는 위로 갈 수 있는 유일한 동아줄이었다.

"대답해봐. 구우진. 누가 시킨 거지?"

강성재의 위협에 구우진은 입술이 침을 바르더니, 고개를 끄덕였다.

"거봐. 이런 쪼다새끼 혼자 꾸밀 사이즈가 아니라니까. 내가 커버 쳐줄게. 나 강성재야. 강성재. 우리 아빠 국회의원이잖아. 너한테 시킨 새끼가 누군데? 괜찮아 말해봐."

구우진은 손가락을 들었다. 손가락 끝에는 이동호가 서있었다.

"동호야. 미안해."

이동호의 입이 크게 벌어졌다.

"너 미쳤냐. 이 새끼. 입 안 닥쳐! 닥쳐 이 새끼야!"

"다시 말해봐. 누가 시켰다고?"

강성재의 다그침에 구우진은 덜덜 떨며 턱으로 이동호를 가리켰다.

"이동호가 시켰어."

"거짓말이야! 이 자식 거짓말이야!"

이동호를 바라보는 강성재의 눈빛이 매섭다.

'이럴 줄 알았어. 내가 이럴 줄 알았다고. 이동호 이 미꾸라지 같은 새끼.'

"미친놈아. 내가 언제? 증거 있어 이거 아주 똘아이네."

이동호는 달려들어 구우진의 멱살을 잡았다.

일이 이상하게 흘러간다. 평소 같으면 이런 누명 따위 쉽게 증명해 보였을 텐데, 장소정과 가짜 탄저균을 만든 것은 진짜다. 그건 빼박이다. 그걸 알고도 강성재는 자신을 용서해줄까. 이동호는 무릎이 후들거렸다.

"미안해. 말하지 않기로 약속했는데."

구우진은 아무 반항도 하지 않고 두 손을 들어 싹싹 빌었다. 이동호가 구우진의 코를 주먹으로 때렸다.

강성재의 얼굴이 굳었다. 이제까지의 일이 머릿속을 스쳐지나갔다.

강성재는 속이 부글부글 끓었다.

처음부터 목표는 권다영의 복수가 아니었다면?

그저 이 관계에 가위질을 해서 새로 재단하는 거라면? 그게 이동호라면?

이 무리들 중 가장 밑이라고 할 수 있는 이동호의 머리는 늘 빨리 돌아갔다. 무식한 장소정을 꼬드겨서 안채미 가방에 탄저균과 협박문을 넣으라고 시켰을 것이다. 이동호가 시켰다면 독소를 뺀 탄저균 정도는 구우진이 만들었을지도 모른다. 공부를 잘하는 것과 그것을 나쁜 곳에 쓰는 것은 다른 일이다. 구우진은 나약하고 그럴 패기도 이유도 없다. 강성재의 눈길이 이동호에게 멈췄다.

"구우진 너, 핸드폰 줘봐."

구우진은 핸드폰을 내밀었다. 강성재가 구우진의 엄지를 펴서 핸드폰을 열었다. 카톡 채팅창을 뒤졌다. 이동호와 구우진

이 나눈 카톡 채팅창이 보였다. 그 안에는 이동호가 가짜 탄저
균을 만들라고 하는 대화가 쓰여 있었고, 구우진은 거절하다
가 어쩔 수 없이 알았다는 답이 적혀있었다.

"아니야! 아니야! 너 이 새끼. 이거 어떻게 만든거야! 이거
가짜야 성재야! 나 이놈하고 카톡 한 적도 없어."

카톡 대화를 본 이동호의 눈이 커다랗게 벌어졌다.

"니가 니 입으로 구우진은 이런 거 할 놈이 아니라며?"

이동호가 처음 말을 더듬었다.

"서, 성재야 내말 좀 들어봐. 그냥 장난 좀 친거였어. 근데
박지우랑 장소정은 내가 아니야. 정말이야! 믿어줘!"

이동호가 울먹였다. 강성재의 미간이 구겨진다.

"니가 장난을 쳐. 감히 나한테?"

"이동호가 너보고 멍청하다고 했어."

구우진의 말에 강성재의 눈이 휙 돌았다. 이동호는 강성재
의 눈에서 살기를 느끼고 땅을 박차고 내달렸다. 강성재는 그
뒤를 쫓았다. 구우진도 두 사람을 따라 뛰었다.

이동호와 강성재의 몸싸움이 벌어졌다. 둘은 껴안고 함께
굴렀다. 이동호의 머리가 돌덩이에 부딪쳤다. 강성재가 손에
잡히는 돌덩이를 들었다.

"죽어! 죽어 이 새끼야!"

"그… 그만…"

이동호의 머리에서 피가 흘러나왔고, 사지는 축 늘어졌다.

정신이 돌아온 듯한 강성재가 손안에서 돌덩이를 떨어뜨렸다. 구우진이 천천히 다가가 움직임이 없는 이동호의 숨을 확인했다.

"어떻게… 죽은 거 같아."

구우진의 말에 정신이 든 강성재가 뒷걸음질 쳤다.

"진짜야? 진짜 뒈졌어?"

"어. 숨을 안 쉬어."

강성재가 내려다본 이동호의 얼굴은 피로 물들어 있었다. 강성재는 다리에 힘이 풀린 듯 주저앉았다.

"구우진 니가 죽인거야. 실수로."

"내, 내가 안 그랬어!"

"알아. 내가 그랬지. 근데, 사정 좀 봐 줘라. 응? 우리 아빠 알면 진짜 나 죽어. 니가 원하는 거 다 해 줄테니까. 이동호 처리해줘. 니가 한결로 하고 응?"

강성재는 도망치듯 달아났다. 구우진은 잠시 서서 강성재가 사라지는 뒷모습을 확인하고 이동호의 맥박을 확인했다. 아직 뛰고 있다.

그가 손짓하자, 나무 뒤에서 소년이 나왔다.

"찍었어?"

소년은 고개를 끄덕이며, 핸드폰을 들어보였다.

"시작해."

소년이 고개를 끄덕이며 산 아래로 뛰었다. 구우진은 이동
호의 전화기를 주워 밧데리를 분리했다. 전화기는 한강에 버
렸다.

그녀의 사후 안내 설명서

그녀의 유서는 사후 안내 설명서 같았다. 병아리 캐릭터가 그려진 A4용지 크기의 편지지에는 해야 할 일이 번호를 매겨 쓰여있다. 인터넷 공인인증서 비밀번호와 은행 아이디. 통장, 체크카드 비밀번호, 전기세와 물세를 보내야하는 날짜와 월세를 보내야하는 집주인 아줌마의 할머니 약 챙겨주는 목록과 순서. 동사무소에서 물품을 받아오는 날짜. 큰엄마에게 받을 돈 20만원. 앞 골목에 고양이 밥 주는 것 잊지 말 것.

마지막에는 동생 다훈에게 큰 짐을 지게해서 미안하다는 내용이 적혀있었다.

유서를 읽는 다훈의 눈에 눈물이 고였다.

"복수. 저도 하게 해주세요. 부탁드립니다."

우진은 아무 말도 없었다. 조용히 다훈에게 쪽지 한 장을 전해주었다.

"거기 니가 할 일 적혀 있어. 할 수 있겠어?"

다훈은 가만히 종이를 바라보았다. 다훈이 할 일들이 3가지 적혀 있었는데 카톡 대화 조작과 해외 IP 주소를 이용한 게시물 올리기, 숨어서 영상을 촬영하는 일이었다.

카톡 대화 조작과 IP 추적 불가한 게시물 올리는 법은 인터넷 몇 번만 뒤져보면 할 수 있는 간단한 스킬이었다.

"할게요. 할 수 있을 거 같아요."

"대신 내가 시키는 그대로 해야 해. 그리고 예전처럼은 못 살거야."

소년은 고개를 끄덕였다.

그 다음 구우진이 만난 학생은 박수지였다. 수지는 고개를 푹 숙인 채 권다영이 묻힌 나무 아래서 울고 있었다. 수지는 구우진을 보고 눈을 동그랗게 떴다. 안경을 벗고 앞머리를 올린 모습이 학교에서 볼 때와는 전혀 다른 눈빛으로 위험한 분위기가 풍겼다.

"다영이가 그런 게 된 건 나 때문이야."

"맞아, 너 때문이야."

날카로운 눈빛으로 그녀를 응시했다. 그 눈동자에는 원망도, 분노도 느껴지지 않았는데 그 때문인지 수지의 눈에 눈물이 고였다.

"그치만 내가 할 수 있는 일이 없어. 나는 힘도 없고, 공부도 못하고 용기도 없어. 내가 진짜 싫어."

"그래서 니가 할 수 있는 일이 있어."

구우진은 계획과 할 일이 적힌 쪽지를 건넸다.

"이게 통할까."

"넌, 전달만 하면 돼. 진짜 탄저균도 아니고 협박 장난 정도로 처벌을 받지는 않을 거야."

"나 이용하는 거야?"

"싫으면 거절해도 돼. 선택은 니가 하는 거야."

"아니야, 해. 할래. 나 살면서 내가 선택해 본 적 없거든."

수지는 우진이 시키는 대로 아이들에게 접근해서 우편물을 넣었다. 그 작업을 할 때는 할머니 옷을 입고 모자를 푹 눌러 썼고, 마스크를 착용했으며 어깨와 허리를 숙였다. 수지는 존재감이 없었는데 오히려 그점 때문에 사람들의 눈에 띄지 않을 수 있었다. 아무도 그녀의 생김새를 기억하지 못했고 그녀가 같은 반 박수지라는 것도 눈치채지 못했다.

"누나는 하필 왜 뛰어내렸을까요?"

다영이 뛰어내렸던 옥상을 보며 다훈이 물었다.

우진은 다훈에게 봉투를 하나 건넸다. 그 안에는 우진이 공모전으로 받은 상금이 들어있었다.

"누나가 남긴 거야. 가족들 잘 돌봐."

"누나의 수목장비용 대주신 것만 해도 과분합니다."

"나중에 갚아."

다훈과 헤어진 우진은 집으로 돌아왔다. 아파트 현관문을 열자 안에 온기가 쏟아졌다. 엄마가 출장에서 돌아와 있었다. 앞치마를 한 엄마는 분주하게 음식을 만들고 있다. 머리가 없는 닭의 배를 가르고, 내장을 긁어냈다. 몸통을 조각으로 잘라 펄펄 끓는 물 안에 넣었다. 보드라운 살점은 쪼그라들어 단단해졌다. 우진은 옷을 갈아입고 엄마와 함께 저녁을 먹는다. 텔레비전 뉴스에는 강인문 의원 아들이 같은 반 학생의 살인미수를 저질렀다는 기사가 나왔다.

"강인문 의원 아들 쟤가 니네 반이라며?"

"네."

"어휴 세상 무섭다. 너랑도 친했니?"

"아니요."

우진은 엄마가 끓인 삼계탕이란 이름의 요리를 한 숟갈 뜬다. 역한 냄새가 났다.

"맛있어요."

"어린 닭이라 맛있을거더니. 더 먹어."

우진은 목구멍까지 차오르는 구역질을 참고, 엄마가 좋아하는 미소를 지어보였다.

"네."

"우리 아들 정말 착해."

'그날' 우진은 옥상에서 뛰어내리려 했다. 그 이유는 우진의 지속된 불면증 때문도 아니고, 어떤 것에도 감정을 느끼지 못하기 때문도 아니다. 그저 어느날 갑자기 모든 것이 시시해졌다. 그때 아래를 내려다보니 죽음이 있었다.

인생의 끝. 입시도, 편견도, 아픔도, 경쟁도, 없는 그곳. 가면을 쓰지 않아도 되는 세계. 20살까지는 3년이나 남았는데, 그 시간동안 가면을 쓰고 살아야한다니. 속이 울렁거렸다.

옥상 난간 밖으로 상체가 반 이상 쏟아졌을 때, 등 뒤로 발자국 소리가 들렸다. 뒤를 돌아보니 그녀가 서 있었다. 반에서 인기 많고 빛나는 아이. 권다영.

그녀는 우진을 쳐다보는 게 아니라 그녀의 시선이 향한 곳에 마침 우진이 있다는 표정이었다. 오히려 뻘쭘해진 것은 우진이었다. 목격자가 있는데 뛰어내리는 것도 이상해서 난간에서 도로 내려왔다. 가장 들키고 싶지 않은 모습이었는데 들켰다.

'날 따라온 걸까.'

보통은 소리를 지르거나 신고하거나 말리거나 했을 텐데 다영은 아무 말도 하지 않았다. 터벅터벅 걸어와서 우진의 옆에 섰다. 다영이 보는 것은 우진의 너머 하늘이었다. 무표정한 다영의 얼굴위로 서서히 미소가 번졌다.

"와. 하늘 좀 봐."

우진은 다영의 목소리에 하늘을 보았다. 파스텔 블루와 화이트가 기이학적으로 섞인 푸른 하늘 그사이에 다채로운 색깔의 무지개가 빛났다. 다영과 하늘, 무지개 뒤로 강렬하게 보이는 햇빛이 하나의 프레임이 되어 우진의 눈에 들어왔다. 한곳을 오래 봐서 인지, 강렬한 햇빛 때문인지 우진의 눈이 따갑더니 볼을 타고 눈물이 흘렀다.

"구우진, 넌 뭐가 되고 싶니? 다시 태어나면."

그 뒤로 한 번 더 옥상에서 다영을 만났을 때 그녀가 한 질문이었다.

커서 뭐가 되고 싶니, 대학은 어디가고 싶니? 따위는 많이 받은 질문이었지만, 이 질문은 처음이었다. 한참 생각한 후 입을 열었다.

"칸디다투스 데술로푸디스 아우닥스비아토르."

"그게 뭔데? 무슨 공룡 같은거야?"

다영은 웃음을 터트렸다.

"수 백 만년 동안 진화하지 않은 미생물이야. 모습을 변화시키지 않고 외부자극에 반응도 안해."

"남들 때문에 원하지 않는 삶을 살지 않아도 된다는 거구나?"

구우진이 고개를 끄덕였다.

"넌?"

우진의 물음에 다영은 하늘을 나는 새를 바라보았다.

"새가 높이 날면 바람도 구름도 그 밑에 있대. 난 발밑에 세상을 두고, 자유롭게 날아다니는 새가 좋겠어."

새는 날개를 펴고 멋지게 비상했고, 소녀는 3개월 후, 진짜로 새가 되어 날았다.

22층 아파트옥상에서 뛰어내리는데 걸리는 시간은 0.3초. 그 시간 동안 소녀는 날았을까. 40키로 밖에 나가지 않던 몸이 바닥으로 곤두박질치는 동안 그녀는 무슨 생각을 했을까. 기뻤을까. 슬펐을까.

그녀의 죽음을 가장 먼저 발견한 것은 우진이었다. 그날 우진은 자신의 아지트인 그 옥상으로 걸어가고 있었다. 어디선가 가스가 폭발하는 굉음이 들렸다. 충격에 바닥이 흔들렸고, 사람들의 비명소리가 들렸다. 사람이 떨어져 죽으면 픽- 정도의 소리가 나는 줄 알았는데 아니었다. 한 소녀의 인생이 부서지는 소리였다. 우진은 굉음이 난 곳으로 뛰어갔다. 권다영이 바닥에 고개를 처박고 엎드려있었다. 그녀의 닳은 운동화 한 짝이 저만치 떨어져 뒤집혀있었다. 가방에 달린 핑크 곰돌이가 피로 물들었다. 우진은 다영이 손에 쥐고 있던 유서를 발견했다. 떨리는 손으로 그 유서를 집어 들었다. 그게 불과 한 달 전 일이었다.

우진은 어젯밤 늦게 다훈에게 전화를 걸었다.

"다시 태어나고 싶어서."

"네?"

"니가 물었잖아. 거기서 왜 뛰어내렸냐고. 누나는 다시 태어나려고 그런거야."

수화기 너머로 다훈의 훌쩍거리는 소리가 들렸다. 우진은 끊지 않고 한참동안 그 소리를 들었다.

우진은 옥상에서 권다영이 떨어진 그곳을 바라보았다. 추적추적 초 겨울비가 내렸다. 우진은 젖은 손으로 난간을 잡고 몸을 숙였다. 휘청하고 상체가 쏟아졌고, 목덜미로 차가운 빗줄기가 뚝뚝 흘러내렸다. 복수는 성공했다. 우진이 박지우에게 탄저균 우편물을 보내자 재밌는 일이 벌어졌다. 아이들이 멀어졌고 서로를 의심하기 시작했다. 두 번째로 장소정에 보내자 그녀의 성격대로 불안해하면서 안채미를 공격했다. 이동호가 머리를 굴려 강성재의 가방에 가짜 탄저균을 넣은 것은 예상에 없었으나 지켜보는 맛이 있었다. 그렇지. 그들은 먹고 먹히는 관계 속에서 더욱더 좋은 포지션을 찾으려 기회를 엿보고 행동한다. 양심 따위 없다. 이동호의 배신으로 일이 쉬워진 셈이다. 강성재 또한 구우진의 예상대로 움직였다. 이동호를 시켜 자신의 존재를 찾아낼거라 생각했는데, 계획대로 볼품없는 척, 힘없는 척만 해주면 되었다. 포식자들은 약한 자는 끝까지 약하다 믿었고. 감히 자신에게 대항할거라는 생각은 하지 못한다. 대신 자기편이 뒤통수 칠거라는 걸 공식처럼 믿었다.

멍청하단 단어가 트리거가 될 줄은 알았지만, 강성재의 분노가 생각보다 심해 이동호가 많이 다쳤다. 그러나 피범벅이 되어가는 이동호를 보면서도, 눈알이 돌아가서 머리를 내리치는 강성재의 모습을 보면서도 구우진은 아무런 감정도 느낄 수 없었다. 눈알이 뻑뻑하고 머리가 무겁다. 잠을 못 잔게 오늘로 며칠째였지?

아. 곧 이일도 끝나겠구나, 그럼 잠을 푹 잘 수 있겠지. 라는 생각만 들었을 뿐.

"여깄었구나! 모범생."

구우진이 뒤돌아보니 황하리 형사가 우산을 들고 서있었다. 우진의 눈동자가 살짝 흔들렸다가 다시 돌아왔다.

"범인 잡았어!"

"축하드려요."

"두 사람 얼굴 찍힌 영상까지 나왔으니 빼박이지. 거기서 딱 목격자가 나타나다니. 대박."

"때론 삶이 영화보다 더 극적이잖아요. 근데 여긴 왜 오셨어요?"

"너지? 모범생. 탄저균하고 협박문 보낸 사람. 이 모든 계획을 짠 설계자. 뭐, 니가 했다는 증거도 없고, 직접 무력을 사용한 것도 아니고, 탄저균이나 협박문 정도로는 처벌 받기 힘들다는 점을 넌 다 알고 있었겠지만."

구우진은 아무 말이 없었다.

"안 그래도 너희 집에서 학교까지 걸어가 봤어. 근데 이 아파트는 어딜봐도 너희 집에 가는 동선이 아니더라고. 게다가 그전부터 권다영이 왜 여기서 뛰어내렸을까 궁금했거든. 아파트 CCTV를 다 뒤졌어. 너는 매일 금요일 이 옥상에 왔더라. 너와 권다영은 딱 두 번, 이곳 옥상에 온 게 찍혔더라구."

우진의 미간이 구겨졌다.

"제가 그럴 이유가 없잖아요."

"맞아. 나도 동기가 궁금했어. 니가 권다영의 복수를 할 이유가 없잖아. 그래서 반대로 생각해봤지. 니가 한 것은 복수가 아니라 정의실현이라면? 어쩌면 넌 남들보다 불의에 대해 참지 못하고 있는 건 아닐까하고. 그렇게 생각하니 이해가 되더라. 걔네들 행동, 정말 나빴잖아."

"재밌는 접근이네요."

"나도 너랑 비슷한 이유로 이 직업을 택했거든. 방식은 너랑 다르지만 목표는 똑같아."

22층 아래를 내려다보는 구우진의 검은 눈동자가 일렁거렸다.

"그래서 죽을 생각말고 너도 나처럼 열심히 살라고요?"

"너무 식상한가?"

"네. 형사님도 좋은 어른 콤플렉스 있으신가봐요. 기대보다 식상하네요. 유행도 한참 지났고."

"맞아. 나 좋은 어른 콤플렉스 있어. 그래서 이 직업 택한거고. 그게 뭐 나빠?"

"사람들은 알까요. 지금 저기 밟고 있는 곳이 목숨 하나가 사라진 곳이라는 거."

"왜 하필 다영이는 금요일 날 뛰어내렸을까. 다음날은 학교도 안가잖아."

구우진은 아파트 아래를 바라보았다. 오고가는 사람들의 머리가 작게 보였다.

"설마 나 때문이라는 말을 하려면 안들을래요. 권다영은 나따위한테 관심 없었으니까. 형사님이 하는 그 예상은 완전히 틀렸어요."

"이거 다영이 핸드폰에서 찾은 거야."

황하리가 다영이의 핸드폰 속 사진을 보여주었다. 학교 안에서 찍은 우진. 올림피아드 대회에서 수상하는 우진. 편의점 앞에서 서성이는 우진의 뒷모습. 농구할 때 땀 흘리는 우진의 얼굴. 핸드폰 안에는 우진의 사진이 가득했고, 그 사진 안에서 우진은 희미하게 웃고 있었다.

"죽지 마. 살아서 오래오래 기억해줘. 다영이."

황하리는 우진에게 우산을 씌워주었다. 우진의 어깨가 한참 동안 흔들렸다. 비는 어느새 멈췄고, 작은 새 한 마리가 두 사람의 머리 위를 맴돌다가 날아갔다.

찐따들의
복수

윤자영

1

"개새끼야. 뒤진다."

교실의 아이들이 대치 중인 둘을 둘러쌌다. 남학생들의 싸움 소식은 빛의 속도보다 빠르게 퍼져나가 옆 교실의 학생들까지 복도를 가득 메웠다.

이제 관중들이 모인 건가? 안홍철의 두 손은 학생용 의자를 잡고 있었다. 긴장했는지 손이 부르르 떨렸다. 두 눈이 벌겋게 변한 안홍철이 최재혁을 향해 말했다.

"너 이 새끼 한 번만 더 입을 놀렸다간 이 의자에 대가리 깨질 줄 알아라."

이 말을 처음 듣는 사람은 곧 전쟁이 일어날 것을 예상하지만, 둘에게 이런 일이 자주 있었는지 2학년 6반 학생들의 표정은 과연 의자를 던질 수 있을까? 기대하는 표정이었다. 맞은편 최재혁도 무섭지 않은지 의자를 잡은 안홍철을 더욱 자극하였다.

"의자 들면 누가 무서울 줄 알아? 네가 말로만 한 게 한두 번이냐? 용기 있으면 어서 깨봐."

최재혁은 비릿한 웃음을 지으며 앞으로 내민 자신의 이마를 톡톡 쳤다. 안홍철은 침을 꿀꺽 삼키고 의자를 들었다. 수많은 관중들에게 보여줘야 한다.

"너 진짜 뒤지는 수가 있다."

"흥! 넌 나한테 아무것도 안 돼. 자신 있으면 의자나 들지 말고 사내새끼답게 덤벼봐."

최재혁은 어서 들어오라는 제스처를 취했다. 안홍철은 떨리는 자신의 손을 내려다봤다. 의자를 정확히 던져야 하는데 잘할 수 있을까?

"사내새끼가 마음먹었으면 해야지. 빨리 던져!"

안홍철은 팔근육에 힘을 주었다. 의자가 회전하며 솟아 올랐고, 운명을 관성에 맡기며 손을 놓았다.

"야 압~"

의자가 날아올랐다. 의자는 포물선 궤적을 그리며 최재혁의 머리 위로 날아갔다. 목표물을 벗어난 의자는 복도 쪽 창문에 부딪혔다. 그렇게 안홍철의 분노는 최재혁의 머리 대신 유리창 두 개를 박살냈고, 깨진 유리가 바닥에 떨어지며 '와장창'

소리를 냈다.

의자를 던진 안홍철도 놀랐고, 머리가 날아갈 뻔한 최재혁도 놀랐다. 복도에서 구경하던 아이들도 깨진 유리창에 놀라 동심원으로 퍼졌다.

"이 미친놈이 진짜 던져?"

최재혁이 주먹을 들고 달려들 그때 구경하던 이휘종이 재혁의 가슴을 안았다.

"재혁아, 왜 그래? 싸우지 마."

"이 찐따새끼가 저리 안 꺼져?"

최재혁이 자신에게 붙어 있는 휘종의 머리카락을 잡고는 싸대기를 날렸다. 휘종은 휘청하며 바닥에 주저앉았다. 휘종은 교실의 학생들을 둘러보고 크게 외쳤다.

"보고 있지만 말고, 어서 말리자."

그때서야 아이들이 움직였다. 휘종의 행동이 트리거가 되어 교실의 아이들이 둘 사이로 끼어들었다. 그렇게 둘의 전쟁은 애꿎은 유리창 두 개와 휘종의 얼얼한 볼을 남기고 막을 내렸다.

2학년 6반 담임교사 우상백은 두 손으로 머리를 쥐어뜯고 있었다. 싸운 학생들이야 학생부로 넘겨 사안을 검토하고, 폭력 사안이 중하면 교육청 학교폭력기구에 넘기고 처벌하면 된다. 하지만 오늘 싸운 최재혁, 안홍철은 그냥 학생이 아니기 때문이었다.

반장인 최재혁의 어머니는 학교운영위원회 운영위원장이고, 부반장인 안홍철의 어머니는 학부모 회장이기 때문이다. 그럼 서로 협의하여 쉽게 해결할 수 있을 것 같지만, 하필 그녀들은 사이가 좋지 않았다. 알력싸움이랄까? 그녀들을 수장으로 어머니들도 두 패로 나뉘어 서로 으르렁거리고 있었다.

"뭐라고요! 학급을 어떻게 운영하길래. 그 반에서만 사건이 일어납니까! 우상백 선생 반에서 일어난 일이니 책임져요!"

전화기 저편에서 '자질이 부족한 선생이야.'라는 말이 들렸다. 교장이 전화를 끊으며 하는 혼잣말이었지만, 귀에 고스란히 전해졌다. 우상백은 전화기를 조용히 내려놓고 한숨을 내쉬었다. 이건 학생들 사이의 학교폭력이 아니라 자신이 당하는 학교폭력 같았다.

두 어머니는 학교에 도착하면 교장실로 달려갈 것이다. 교장에게 미리 귀띔한다는 것이 도리어 욕을 먹은것이다. 싸움 소식을 들은 어머니들이 그녀들의 고급차를 타고 학교로 달려오고 있는 중이리라. 우상백은 이번 사태를 어찌 해결해야 할지 막막했다.

"그래. 도대체 이번에는 왜 싸운 거냐?"

안홍철과 최재혁은 서로의 마음을 전하려는 듯 테이블 반대편에 앉았어도 등을 돌리고 있었다. 담임 교사의 말을 들었으면 대꾸라도 해야 하는데 들은 척도 하지 않고 있다. 한 놈은 창문 밖으로 지나는 구름을 바라보고, 다른 놈은 자신의 손톱 손질을 하고 있었다. 인간을 유전자가 결정한다면 싸가지 유전자도 있을 것이다. 상백은 이 둘이 어머니들의 싸가지를 그대로 물려받았다고 생각했다.

테이블을 내려치면서 '이 새끼들아 말이 안 들려!'라고 소리칠 수 있다면 얼마나 좋을까…

우상백은 교실에서 싸움 상황을 지켜본 둘을 더 데리고 왔다. 이휘종과 신민아였다. 저 싸가지들이 발뺌을 막기 위한 제3자의 증인이다.

"그래. 휘종아 상황을 잘 설명해봐."

"전 모, 몰라요. 말린 것뿐이에요."

"보긴 봤을 것 아니야?"

이휘종은 최재혁의 눈치를 보면서 말했다.

"홍철이가 의자를 집어 들고, 위협을 했어요. 그래서 뭔가 사달이 날…"

등을 돌리고 있던 안홍철이 주먹으로 테이블을 내리치면서 소리쳤다.

"개새끼야. 그래서 내가 잘못했다는 거냐!"

"미, 미안."

이휘종은 사과하고는 금방 고개를 숙였다. 교실의 남학생들은 정글의 동물들처럼 힘의 논리에 의해 서열이 이루어진다. 남중과 남고를 나온 우상백은 정글의 법칙을 잘 알고 있다. 이휘종은 작은 들쥐다. 맹금류에 한 입 거리일 뿐이다.

"안홍철 넌 지금 학폭으로 학생부 온 거다. 선생님 앞에서 욕하고 소리치고 못하는 짓이 없어. 그리고 넌 학급의 부반장이라는 것을 잊지 말아줘."

"아이씨, 선생님 지금 쟤네들 편든 거예요? 저 새끼는 재혁이 따까리라고요. 그리고 쟤는 오히려 재혁한테 따귀도 맞았고요."

요즘 선생은 도를 3년 정도 닦고 와야 한다. 학생들은 이렇게 교사들에게 대들지만, 어쩔 방법이 없다. 이들을 혼내느라 고함이라도 친다면 오히려 학교폭력 교사로 내몰린다. 고함친 것이 선생님과 학생의 위계에 기반한 폭력이라나? 판사 놈 여기 와서 직접 지도해보라고 해. 우상백은 눈을 감고 심호흡을 해서 폭발하려던 심장을 억눌렀다. 눈을 뜨고 휘종을 보니 정말 볼이 빨갛게 달아올라 있었다.

"휘종이 너 재혁이에게 싸대기 맞았니?"

이번에는 최재혁이 벌떡 일어났다.

"아, 선생님 그렇게 말씀하시니 섭하네요. 싸움 가운데 끼어드니 휘두르는 손에 맞은 것이죠."

휘종이 재혁의 눈치를 한 번 보고는 고개를 끄덕였다. 답을 알려주고 그대로 대답하는 것 같았다. 우상백은 더는 휘종에게 묻지 않기로 했다. 곤란한 질문을 계속하면 정글의 작은 들쥐는 더욱 곤란해질 것이다.

그래서 오늘은 이들의 위협에 굴복하지 않는 인물을 데리고 왔다. 여학생 중에서 짱급인 신민아였다. 몸에 딱 달라붙는 치마에 교복 상의 셔츠 단추를 다 풀어헤쳐 그 안의 빨간색 티셔츠가 보였다. 머리도 특이한 염색을 했는데 이름이 시크릿 투톤이라는 것을 나중에야 알았다. 안쪽을 노란색으로 염색했는데 가만히 볼 때는 검정색 머리카락이 덮고 있어 평소에는 보이지 않는다. 학교가 끝나면 머리를 묶고, 안쪽에 숨은 화려한 노란색이 나오는 것이다. 우상백은 여러 교칙을 위반한 신민아의 모습에 눈살을 찌푸렸지만 지금은 중요한 것이 아니다.

"신민아! 얘네 왜 싸웠냐?"

신민아는 팔짱을 낀 채로 대답했다.

"선생님 얘네들 싸운 이유는 매번 똑같아요. 서로 잘났다고 나대다 그랬어요."

신민아의 말에 안홍철이 몸을 돌리더니 변명하듯 말했다.

"아니에요. 이번에는 저새… 아니 재혁이가 먼저 시비를 걸었어요. 쉬는 시간에 공부하고 있는데 옆에 와서 깐죽거렸단 말이에요. '넌 아무리 공부해도 자기를 이기지 못한다나?' 선생님 같으면 자존심 상하지 않겠어요?"

이에 최재혁도 지지 않았다.

"선생님 그게 아니에요. 전 그냥 지나가고 있었는데 홍철이가 저를 보면서 '존나 시끄럽네' 그랬다니까요?"

홍철이 다시 주먹을 쥐며 목에 핏대를 세웠다.

"넌 반장이면 쉬는 시간에 애들을 조용히 시켜야지 네가 나서서 떠드니까 그렇지?"

"쉬는 시간은 쉬라고 있는 거야. 공부도 못하는 새끼가 어디서 나대."

안홍철은 독이 바짝 올랐는지 자리를 박차고 일어났다.

"너는 개새끼야. 이제 전교 1등은 포기했냐?"

최재혁도 같이 일어났다.

"그래도 너보단 잘해."

둘의 행동에 우상백 선생은 참지 못하고 두 손으로 책상을 쳤다. 저절로 고함이 나왔다.

"그만!"

안홍철과 최재혁은 자리에 앉아 다시 서로 등을 돌렸다.

"애들아 학기 초에 다른 선생님들이 나보고 뭐라고 말했는지 알아? 가장 운이 좋은 사람이라고 했어. 왜냐면 전교 1, 2등이 모두 우리 반으로 왔으니까? 근데 지금 뭐야. 슬금슬금 성적이 떨어지더니 이제 전교 12, 13등이야."

그 말에 발끈하여 안홍철이 말했다.

"선생님 아픈 마음 건들지 마세요. 안 그래도 성적 때문에 요즘 엄마한테 얼마나 잔소리를 듣는지 알아요?"

2

지난 일요일 밤 안홍철은 미적분 공부를 하고 있었다. 도대체 수학은 학년이 올라 갈수록 왜 이렇게 어려워진단 말인가? 홍철은 문제지의 문제를 소리 내어 읽었다.

"지름과 높이가 10cm의 원뿔에 초당 2cm가 높아지도록 물을 붓는다면 물의 부피 변화률을 구하시오?"

안홍철은 문제를 풀던 샤프를 툭하고 던졌다. 미적분을 만든 사람을 저주하고 싶었다.

"도대체 살아가는 데 이런 것을 알아야 하는 이유가 뭐야? 좀 쉬자."

쉽게 풀리지 않는 문제에 머리를 식힐 겸 컴퓨터를 켜고 평소 즐겨 하던 게임에 접속하였다. 미적분을 보면 머리가 아프더니 게임 음향이 들리니 두통이 풀리는 것 같았다.

"좋아. 원샷원킬을 보여주지."

안홍철은 처음 만나는 적을 향해 총을 한 방 '빵' 쐈는데 방문이 벌컥 열렸다. 방안에 몰래카메라가 설치되어 있는지 엄마가 귀신같이 알고 들어왔다. 평소에도 컴퓨터 게임만 하면 엄마가 들이닥쳤다. 나중에 방안을 뒤져봐야 한다. 하지만 지금은 귀신같이 변한 엄마의 얼굴이 문제다.

"아들! 정신이 있어! 없어! 지금 게임 할 때야?"

안홍철은 정말 억울했다. '미적분에 머리가 아파 잠시 휴식을 취했을 뿐이라고요.'라고 말해야 했지만, 뇌는 억울한 마음을 표출했다. 입에서 곱지 않은 말이 나왔다.

"아! 지금 켰어! 엄마는 도대체 어떻게 알고 게임 할 때만 들어오는 거야!"

"뭐라고!"

엄마의 성격을 알면서 왜 그랬을까? 후회는 이미 늦었다. 엄마는 20인치 LED 모니터를 들고는 방바닥에 내팽개쳤다. 모니터의 유리가 부서지는 소리가 그렇게 큰지 몰랐다. 잠시 후 서울대생인 누나가 방으로 들어와 안홍철을 한심한 듯 쳐다봤고, 아빠가 뒤이어 들어왔다. 아빠는 순식간에 상황을 파악하고는 고함쳤다.

"안홍철! 그렇게 게임만 해대면 서울대를 어떻게 갈 거야? 그래도 1학년 때에는 곧잘 하더니만 요즘 왜 이래?"

'난 억울하다고요. 여태 공부하다가 게임은 방금 켰다고요.'

안홍철은 말했지만 뇌는 그 명령을 성대에 전달하지 못했다. 억울함에 주먹이 부르르 떨릴 뿐이었다.

"…"

"쯧쯧쯧, 여보! 저 새끼 공부 못해서 거지로 살든 말든 내버려 둬. 그만 갑시다."

아빠가 혀를 차며 안방으로 돌아갔다. 안홍철은 돌아가는 아빠의 뒷모습을 보다가 누나와 눈이 마주쳤다. 누나는 아무 말 하지 않았지만 따가운 시선이 '넌 우리 집의 화근덩어리'라고 말해주었다. 누나가 아무 말 없이 돌아가자 엄마는 차분한 어조로 말했다.

"홍철아, 엄마는 아무것도 원하지 않아. 성적 좀 떨어지면 어떠니. 재혁이 한 번만 이기자. 요즘 재혁이도 성적이 많이 떨어졌다며?"

엄마는 성적이 중요한 건지, 라이벌 아줌마를 이기는 것이 중요한지 모르겠다. 왠지 슬픈 마음에 눈에서 눈물이 떨어졌다.

"알겠어요. 이번 시험에서 어떻게든 해볼게요."

그때 안홍철은 결심했다. 이번 시험에서 시험지를 빼돌리기로…

1학년 때 안홍철은 최재혁 때문에 1등은 하지 못했지만, 2등 자리는 굳건히 지켰었다. 하지만 2학년에 올라와서는 다른 학생들도 공부를 열심히 해서인지 성적이 점점 떨어져 지난 2학기 중간고사에서는 전교 12등을 하고 말았다. 혹자는 '그것도 잘한 거지?'라고 말할지도 모르지만 2학년 때에는 계열이 문과, 이과로 나누어져 학생 수가 절반으로 줄어들었기 때문에 실제로는 더 떨어졌다고 해야겠다. 등급으로 따지면 3등급이 나오는 과목도 있었다. 생전 처음 보는 숫자에 엄마의 입에서는 이상한 말이 나왔다.

"최재혁은 몇 등 했니?"

"11등."

성적표를 쥔 엄마의 손이 부르르 떨렸다. 엄마는 도대체 왜 그 아줌마를 이기려고 할까?

"됐다. 아직 성적이 결정되지 않았으니 기말고사 때 잘하면 된다. 반드시 이겨야 한다."

하지만 엄마의 기대와는 다르게 안홍철은 이번 기말고사에서 성적이 더 떨어질 것 같았다. 공부는 점점 어려워졌고, 머리는 굳어져갔다. 노력만으로 성적 하락을 막을 수 없다는 느낌이 들었다. 그래서였는지 몰라도 안홍철은 지난 시험부터 시험지를 빼낼 수 있지 않을까 많은 고민을 했었다.

가장 먼저 생각했던 방법은 선생님 컴퓨터를 해킹하는 것이었다. 밤중에 몰래 교무실에 들어가 컴퓨터를 켜고 출제된 시험지 파일을 빼내는 것이다. 하지만 컴퓨터에 접속 비밀번호가 걸려 있을 것이고, 시험지 파일에도 비밀번호가 걸려있을 것이다.

바이러스를 심어 끝내 비밀번호 알아냈더라도 너무 비효율적이다. 그래봤자 한 과목일 뿐이다. 최소한 주요 과목인 국영수는 빼내야 한다. 국영수 선생님들의 사무실도 각각 달라서 너무 많은 시간과 에너지가 든다. 차라리 그 시간에 공부를 한다면 성적을 조금이라도 올릴 수 있을 것이다.

컴퓨터 해킹 다음 방법은 인쇄실 공략이다. 학교의 시험체계를 자세히 관찰했다. 먼저 교사들이 문제출제 후 시험지를 출력하여 본교무실의 연구부서에 제출한다. 그다음 연구부서에서는 전과목 시험지를 시험 시작 이틀 전에 학교 인쇄실로 보내 일제히 인쇄한다. 인쇄는 학교 기사인 시설관리 주무관이 하는데 학교 기사는 전과목 시험지 인쇄를 하면서 한 장씩 빼돌리기 쉬울 것이다.

주무관은 얼마면 시험지를 빼줄 수 있을까? 한 2,000만 원? 시설관리 주무관도 공무원이다. 안정적인 직업을 버리기에 2,000만 원은 작아 보였다. 그리고 안홍철은 그렇게 큰돈을 구할 방법이 없으니 소용없는 일이라고 생각했다. 그럼 인쇄실에 몰카를 설치할까도 생각했지만 카메라가 시험지 전체를 잡아내기는 힘들 것 같아 포기하였다.

인쇄를 마치면 시험지 뭉치는 다시 연구부서가 있는 본교무실로 인계되어 교무실 한쪽 벽면을 채우고 있는 3개의 철제 캐비닛에 보관하게 된다. 이 캐비닛은 한눈에 보기에도 묵직한 자물쇠로 위아래 부분을 잠가 철통방어를 한다.

시험 기간이 되면 각 교사 사무실 문에는 '학생 출입 금지' 라는 안내가 붙는다. 교사들이 시험문제를 출제하기 때문이 다. 안내문을 붙였다고 하지만 교사들은 너무 부주의하다. 당연히 쉬는 시간 종이 울리면 시험문제 출제를 중지해야 한다. 쉬는 시간 학생들이 교무실로 들어가면 기겁하며 저리 가라고 소리친다.

안홍철은 본교무실 청소 당번이다. 7교시 수업이 끝나면 청 소시간이다. 1학기 때 청소하려 본교무실에 들어갔을 때, 열려 있는 캐비닛을 보았다. 인쇄된 시험지 뭉치들이 보였다. 과목 별 담당 교사들이 와서 반별로 시험지를 나누어 다시 포장하 는 일을 하고 있었다. 안홍철을 본 시험지 관리 선생님은 놀란 토끼 눈을 하고는 홍철을 향해 소리쳤다.

"야, 이 새끼야 당장 나가!"

한마디로 어이가 없었다. 청소 시간이라면 미리 시험지를 캐비닛에 넣고 잠갔어야 하지 않을까? 교사들 스스로 캐비닛 을 열어놓고 들어오는 학생들을 나무라다니 그러니 시험지 유 출 사고가 나는 것이다.

마대 걸레를 들고 문밖에서 기다리자 잠시 후 시험지 관리 선생님이 나왔다.

"야! 문에 출입 금지라고 쓰여 있는 것 보이지 않아? 다음부 터 노크 꼭 하고, 이제 들어와서 청소해."

그렇게 안홍철은 교무실 청소를 통해 시험지의 이동 경로와 과정을 알아낼 수 있었다.

"야, 내가 저쪽 할 테니까 네가 교감 선생님 자리 근처 해줘."

홍철은 마대 걸레로 바닥을 닦으며 시험지 보관 캐비닛 앞으로 갔다. 위아래 거대한 자물쇠가 달려 있었다. 절단기로 자르려고 해도 공사장에서나 사용하는 철근 절단기를 가져와야 했다. 자물쇠를 따는 것은 쉽지 않다. 아니지. 자물쇠를 절단기로 자른다면 그걸 발견한 교사는 당연히 시험지가 유출된 것을 알 것이다.

다시 자물쇠를 보았다. 시험지 캐비닛은 총 3개, 위아래 두 개씩이니 자물쇠는 총 여섯 개다. 커다란 자물쇠에는 검은색 매직으로 1부터 6까지의 숫자를 쓰여 있었다. 이유는 쉽게 예측할 수 있다. 똑같이 생긴 자물쇠 여섯 개를 구별하기 위한 조치일 것이다. 그렇담 열쇠는 어떨까? 열쇠에도 구별을 위해서 번호를 써야 하지 않을까? 홍철은 바닥을 닦으며 시험지 관리 담당 선생님 책상으로 갔다. 책상 위에는 DNA 모형, 기말고사 대비 프린트, 주식책 등이 책상 위를 꽉 채우고 있었다. 선생님의 겉모습은 깔끔해 보였는데 이미지와는 다르게 책상은 지저분했다. 책꽂이 쪽을 보니 전공서적들과 교과서가 꽂혀있다. 그 옆에는 볼펜, 연필, 사인펜이 가득 들어있는 연필꽂이가 있다.

그 순간 번쩍이는 쇠뭉치가 눈에 들어왔다. 연필꽂이에 대충 던져 넣은 듯한 열쇠뭉치에서 바깥쪽으로 열쇠 하나가 걸려 나와 있었다. 열쇠에는 라벨지로 붙인 4라는 숫자가 분명히 보였다.

안홍철도 이때는 칠칠치 못한 교사를 향해 혀를 찼지만, 시험지를 빼돌리기로 마음먹은 지금 시험지 관리 교사에게 감사한 마음이 들었다.

3

"어서 얘들 데리고, 교장실로 내려오세요."

교장의 근엄한 말투다. 유리창 사건으로 안홍철, 최재혁의 어머니들이 학교에 도착해서 교장실로 간 것이다. 아이들은 학생부에 있는데 교장실로 가다니, 운영위원장과 학부모회장의 직책이 뭐 그리 대단하다고…

"너희들 어머님들 오셨다. 교장실로 내려가자."

교장실은 해가 잘 들어오는 본관 1층에 자리하고 있다. 교장실에는 한눈에도 편해 보이는 소파 10여 개가 2열로 마주보고 놓여있었는데, 교장은 최고 상석인 끝부분 가운데 소파에 앉아있고 학부모회장인 안홍철 어머니와 운영위원장인 최재혁 어머니가 양쪽으로 앉아있었다. 둘은 전쟁을 한차례 치렀는지 서로 눈을 마주치지 않고 다른 곳을 보고 있었다. 둘의 불쾌한 얼굴에 보지 않았어도 알 수 있었다.

안홍철과 최재혁은 각자의 엄마 옆으로 가서 앉았다. 교장은 우상백 선생을 보며 질책하는 말투로 말했다.

"우상백 선생! 도대체 학급관리를 어떻게 하는 거예요? 둘이 싸울 때까지 어디서 뭐 한 거예요?"

쉬는 시간에 발생하는 사건을 도대체 어떻게 통제한단 말인가? 하지만 학교에서의 사건은 교사의 책임이 맞다. 쉬는 시간, 점심 시간에도 학급 관리에 힘써야 한다. 하지만 주객이 바뀌었다. 아이들은 싸움을 했고, 부모들은 학교에 와서 미안해해야 하는 것이다.

교장은 왜 담임 책임으로 돌리는지 속에서 울화가 치밀었다. 이럴 때는 강하게 나가야 한다.

"서로 저렇게 잘못이 없다고 하니 교육청 학교폭력 기구로 사안을 넘겨야 합니다. 거기서 잘잘못을 따져 가해자, 피해자를 결정하고 가해자에게는 생기부에 폭력 사안을 기록해야겠죠."

두 엄마는 교육청과 생기부, 학교폭력이라는 말에 표정이 미묘하게 일그러지기 시작했다. 평소 라이벌로 강하게 나가고 싶겠지만, 아직 유리창 사건을 정확히 알지 못하기 때문에 머뭇거리는 것이다. 자신의 아이가 가해자가 되면 무슨 수를 쓰더라도 막아야 하기 때문이다.

교장이 두 어머니의 마음을 이해했는지 말을 꺼냈다.

"교육청은 사안이 중대하면 보내는 것이고, 학교장 종결처리 할 수 있지 않소. 누가 다쳤나요?"

"아니 다치지는 않았습니다. 안홍철 학생이 의자를 최재혁 학생에게 던졌지만, 교실 복도 쪽 유리창을 깼을 뿐 다친 곳은 없습니다."

우상백의 말에 최재혁 어머니의 입꼬리는 올라갔고, 반대로 안홍철 어머니의 입꼬리는 내려갔다. 상황상 의자를 던진 안홍철이 가해자, 최재혁이 피해자가 되기 때문이었다. 기세가 올라간 최재혁 어머니가 과장된 목소리를 냈다.

"어머! 큰일 날 뻔했네, 의자를 던졌다고요? 어머어머 머리에 맞았다면 큰일 날뻔했네요. 이건 학교폭력이고 뭐고 당장 경찰서로 가야겠어요. 이건 형사사건이라고요."

상백은 그게 학교폭력입니다. 라고 말하고 싶었지만 더 지켜보기로 했다.

최재혁 어머니의 입에서 나온 경찰서란 말에 교장의 얼굴이 사색이 되었다. 흥! 자신의 명예 추락을 걱정하는 것이겠지. 하지만 그렇게 되면 교장의 자신에 대한 근무 평가도 낮아질 것이다. 그럼 승진은 점점 멀어지겠지? 고개를 뻣뻣이 들고 있던 안홍철 어머니도 죄지은 사람처럼 고개를 숙이고 있었다. 한 명의 승자, 세 명의 패자다.

패자들이 각자의 걱정을 하며 빠져나갈 구멍이 없을까 고민하는 그때 최재혁이 입을 열었다.

"엄마 도대체 왜 그래? 애들이 싸울 수도 있지. 그리고 난 아무 데도 다치지 않았잖아."

어른들 모두의 시선이 최재혁에게 쏠렸다. 최재혁 어머니는 다른 사람들의 눈치를 보면서 아들의 허벅지를 꼬집었다.

"애가 갑자기 왜 이래. 넌 가만히 있어 어른들 이야기하는 데 나서지 마!"

"아퍼, 왜 꼬집어. 그리고 내가 먼저 놀렸단 말이야."

재혁의 말에 모두 살았다고 생각했다. 이제 저 틈을 비집고 나가서 살길을 찾아야 한다. 교장이 먼저 능글맞은 목소리로 말을 꺼냈다.

"거 어머니 다치지 않았으니 얼마나 다행입니까? 시험이 내일모레인데 경찰서 가면 참고인 조사다 뭐다 해서 공부할 시간 다 뺏길 겁니다. 안 그래도 재혁이 성적이 점점 떨어지고 있던데 빨리 집에 가서 공부해야 하지 않습니까?"

최재혁 어머니는 아무 말 없이 안홍철의 어머니를 째려보고 있었다. 이번 기회에 라이벌 여자의 코를 납작하게 만들려고 했는데 무산되어 아쉬운 표정이었다. 우상백도 얼른 교장을 거들었다.

"싸움을 말리던 이휘종이라는 아이가 있는데, 오히려 재혁이에게 맞아서 볼이 빨갛게 부었습니다."

일그러지는 재혁 어머니의 표정이었다. 어때, 이 여자야. 이제 가해자는 당신 아들이라고.

"선생님 그건 무의식적으로 흔들던 팔에 우연히 맞은 거라니까요?"

싸가지 없는 최재혁의 기를 꺾겠다는 마음으로 우상백은 반박했다.

"홍철아. 네가 아까 재혁이가 일부러 휘종이 싸대기 때렸다고 했지? 그렇지?"

상백의 기대와는 다르게 홍철의 입에서는 반대의 말이 나왔다.

"아니요. 재혁이 말이 맞아요."

이것들이 쌍으로 미쳤나. 학생부에서는 서로 못 잡아먹어서 안달이더니 여기서는 서로 돕고 있어? 미치고 팔짝 뛸 노릇이었다.

교장이 점잖게 말했다. 마지막 판결을 내리는 재판장 같았다. 아무도 이의를 달지 못할 것이다.

"거. 우 선생! 아이들이 아니라는 것을 왜 이렇게 크게 부풀리려고 하는 거요? 딱 보니 이건 학교폭력이 아니네요. 남학생들끼리 장난치다 유리창을 깬 거네요. 안 그래요?"

무승부, 두 어머니 모두 만족할 만한 판결을 받은 표정이었다.

"네 알겠습니다. 한데 교장선생님 유리창을 깬 것은 어떡할까요? 학교 기물을 손상하면 변상을 해야 하는데."

안홍철 어머니가 재빨리 우상백의 말을 받았다.

"유리값은 당연히 물어줘야죠. 절차가 어떻죠?"

"깨진 유리는 제가 행정실에 말해 두었습니다. 오늘은 너무 늦었고 유리창 업자가 내일 일찍 와서 유리를 갈아 끼우기로 했어요. 유리값은 행정실에서 전화를 드릴 겁니다."

최재혁 어머니도 더 이상 이렇다 할 의견이 없어 유리창 사건은 일단락이 되었다.

4

우상백은 2학년 6반 담임으로 평안한 하루하루를 보냈지만, 학기말인 요즘 위기를 느꼈다. 처음 평화로웠던 학급에 이상한 기류가 느껴졌다. 첫 번째는 전교 1, 2등의 성적이 떨어진 것이다. 두 학생은 선택과목 때문에 같은 학급에 구성되었는데 라이벌이 된다면 학생들에게도 좋겠다는 생각이 들었다. 마침 어머님들도 학교운영위원장과 학부모회장이 되어 학교에서도 학생들의 성적에 관심이 많았다.

하지만 기대와는 다르게 두 학생의 성적은 점점 떨어졌다. 성적만 떨어지면 괜찮은데 두 학생의 다툼이 점점 심해진 것이다. 수업 시간에 최재혁이 대답하면, 안홍철은 과하게 비판하고 반대한다. 안홍철이 작은 실수를 하면 최재혁은 교실에서 비웃음거리로 만든다. 두 학생의 위태위태한 줄다리기가 균형을 이루다 한 순간 끊어질 것 같았다.

그런 상백의 걱정이 오늘에야 터진 것이다. 의자를 던지고 유리창이 박살 났다. 천만다행인 것은 머리통이 박살 나지 않았다는 것이다. 기말고사도 있고, 싸움 직후라 당분간은 안정을 찾겠지만 3학년 올라갈 때까지 살얼음판을 계속 걸어야 한다.

두 번째는 외톨이 이휘종. 옛날에도 왕따는 있었다. 달라진 것은 그때는 괴롭히는 학생들은 힘이 쎈 학생들이었다. 하지만 지금의 학교에서 힘이란 부모였다. 부모가 돈이 많거나 직업이 좋으면 성적도 좋게 마련이다. 이들의 한 달 학원비와 과외비가 교사인 자신의 월급과 맞먹는다. 그 아이들은 자신감이 넘치고 교실의 중심이 된다.

이휘종은 학기 초 기본 상담 외에 해본 적이 없다. 부모님 칸에 모두의 이름과 전화번호가 있지만, 조퇴를 하거나 학부모 확인을 해야할 때, 항상 아버지와 통화했다. 보통의 학생들은 아버지가 어려워 어머니와 주로 소통하고 있다. 어머니가 없을 가능성이 있다. 아이들은 그걸 숨기고 싶어 한다.

상백은 이런 학교에 진절머리가 났다. 공정하지 않은 학교, 부모가 재력이 있어야 학교운영위원회 위원장도 하고, 학부모 회장도 한다. 그 부모들은 교장을 자주 만나게 되고, 유리창이 깨지는 학교폭력도 장난을 바꿀 수 있는 것이다.

상백은 유리창 사건이 해결되고 마음에 걸리는 것이 있었다. 이휘종이었다. 상백은 종례 후 신민아를 불렀다.

"쌤, 바쁘니 핵심만 말해주세요."

"휘종이 말이야. 교실에서 어떤 존재니?"

"외톨이죠. 아무 말 하지 않으니 성격이 어떤지 모르고, 먼저 놀자고 하지 않으니 놀지 않을 뿐이에요."

"괴롭힘을 당하지는 않니?"

"남자들 일은 몰라요. 최재혁과 안홍철에게는 화풀이 대상이 되는 것 같지만요."

"화풀이 대상?"

"쌤도 알다시피 걔네 둘 매일 말싸움하고 서로 물어뜯잖아요. 그럴 때마다 이휘종을 불러 심부름을 시키거나 트집 잡기도 해요. 때리는 건 못 봤는데 아무도 안 보이는 데서 때릴지는 모르죠."

"아까 싸울 때, 재혁이가 휘종이 따귀 때렸다고 했잖니? 진짜 때린 거 맞아?"

"아, 그러고 보니 이상하긴 하네요. 원래 아이들은 싸움 구경 좋아해서 싸워도 잘 말리지 않거든요? 그런데 평소 혼자 쭈구리고 있던 휘종이 가장 먼저 달려갔어요. 휘종이 달려드는 재혁을 말렸고, 가로막는 휘종의 싸대기를 날린 거죠."

신민아 말대로 정말 이상하다. 자신에게 화풀이하는 아이들이 싸운다면 속으로 응원을 해야했다. 누구 하나 죽어봐라 하

고. 하지만 말리려고 했다? 상백의 생각이 길어지자 신민아가
스마트폰을 보면서 말했다.

"쌤, 언제 끝나요?"

"너, 언제 검은색으로 염색할 거야?"

신민아의 눈이 동그랗게 변했다.

"쌤, 갑분싸 염색이 왜 나와요? 그럼 갈게요."

상백은 복도를 걸어가는 신민아의 뒤에 소리쳤다.

"염색해."

신민아는 뒤도 돌아보지 않고 손을 흔들었다. 그래도 더한
싸가지들을 생각하면 신민아가 나쁘다는 생각은 들지 않았다.
모든 것이 잘 돼야 될 텐데…

5

안홍철은 어머니가 운전하는 차량 뒤쪽으로 탔다. 최재혁과 싸웠다는 것에 잔소리 폭탄이 시작될 것 같아서였다. 안홍철이 앞쪽을 보자 룸미러의 엄마 눈과 딱 마주쳤다.

"아들! 아까 재혁이 엄마 말하는 거 봤지? 자칫 잘못했다면 경찰서까지 갈 뻔했어. 그 여자 독사눈을 하고 달려드는데 아휴~ 바보 같은 재혁이가 자기 잘못을 불지 않았으면 큰일 날 뻔했다."

거울 속 엄마의 눈은 계속 홍철을 보고 있었다. 앞을 보지도 않고 운전할 수 있는 것인가?

"아, 됐어. 어서 학원으로 데려다줘."

"넌 자존심도 없니? 시험에서 매번 재혁이한테 지니 억울할 것 아니야? 이번 시험"

안홍철은 엄마의 잔소리가 듣기 싫어 귀를 막으며 소리쳤다.

"알았어! 이번에 반드시 이길 테니까 그만해! 이번 시험은 이긴다고 반드시 이겨!"

홍철의 기세에 어머니의 시선도 그제야 앞을 향했다. 사실 안홍철의 자신감 있는 말투는 허언이 아니었다. 홍철은 본교 무실에서 시험지를 빼돌릴 것이다. 지금까지 수많은 시뮬레이션과 자료조사를 통해 완벽한 계획을 세웠다. 시행일은 바로 오늘 밤이다. 기말고사 2일 전인 오늘 본교무실 캐비닛에는 전과목 시험지가 인쇄를 마치고 올려져 있을 것이다.

"시험이 바로 코앞이니 햄버거라도 사 먹고 공부 열심히 해야 한다."

안홍철은 엄마의 차가 출발하는 것을 본 후 편의점에서 카페인이 가장 많은 음료를 두 병 샀다. 정신을 최고조로 집중하기 위해서였다. 일단 바로 한 캔을 원샷으로 마시고 학원으로 들어갔다. 작전대로 1시간 수업 후 선생님께 몸이 아프다고 조퇴했다. 학원 선생이 집으로 전화한들 오늘 유리창 사건 때문에 집중이 안 되어 빠졌다고 하면 그만이다.

'깨진 유리창'

홍철은 이번 전과목 시험지 빼돌리기 작전 이름을 깨진 유리창으로 지었다. 이제는 되돌릴 수 없다. 깨진 유리창 작전은 시간이 생명이다. 한 치의 오차도 용납할 수 없다. 정확함이 이번 작전의 성공을 좌우 할 것이다.

깨진 유리창 작전은 크게 3가지 과정으로 요약할 수 있다. 즉, 통과해야 할 장애물이 3가지라는 것이다.

1단계는 본관 안으로 들어가는 것이다. 저녁에 유일하게 열어두는 가운데 현관을 들어가자마자 숙직실이 있다. 숙직을 하는 야간 경비원은 통유리창에 앉아 출입하는 사람을 보고 있어서 야간에 들어간다면 분명히 얼굴을 기억할 것이다.

2단계는 시험지를 보관하는 본교무실로 들어가는 것이다. 이번 작전에서 가장 어려울 것으로 예상된다. 교무실의 문은 2개가 있지만 둘 다 철문으로 되어 있고, 뒷문은 안쪽에서 슬라이드 형 잠금장치를 추가로 설치하여 손잡이의 똑딱이 잠금장치와 함께 이중으로 되어 있다. 앞문은 누구나 출입할 수 있도록 번호키가 달려있다. 홍철은 교무실 출입 비밀번호를 모르기 때문에 난이도가 제일 높다.

마지막 3단계는 시험지를 보관하는 철제 캐비닛의 자물쇠를 여는 것이다. 사실 이것이 가장 어려울 것 같지만 의외로 쉬울 수 있다. 시험지 담당 선생님의 지저분한 책상을 보면 크기가 크고 무거운 열쇠뭉치를 가지고 다니지 않을 것이다. 분명히 책상 어딘가에 둘 것이다.

학교 쪽으로 걷다 보니 멀리 학교 건물이 보인다. 1층을 제외하고 본관에 불 켜진 곳은 없었다. 시계를 보니 현재시간 9시 50분 이제 작전 시간이 가까워진다.

시험지를 훔치는 깨진 유리창 작전을 이해하기 위해서는 학교의 건물 구조를 아는 것이 가장 중요하다. 학교의 건물은 크게 본관과 별관으로 나누어져 있다. 본관은 1, 2학년이 사용하고 별관은 3학년의 입시 성공을 위하여 독립적으로 사용한다. 또한, 새벽에는 무인경비업체 세콤이 작동되기 때문에 세콤이 작동되기 전에 일을 치러야 한다.

안홍철은 며칠간 숨어서 학교 숙직기사 행동을 관찰했다. 분명 시험지를 빼돌릴 틈이 있었다. 그 시간이 어떻게 나오나 하면 일반계 고등학교에서는 선택적으로 야간자율학습을 하는데 1, 2학년은 밤 9시에, 3학년은 10시에 끝난다. 학교 숙직기사는 1, 2학년 야간자율학습이 끝나는 9시부터 본관 순찰을 시작한다. 4층까지 건물을 돌면서 문단속을 하고 1층 본관의 모든 현관을 잠근다. 곧이어 10시가 되면 별관으로 이동한다. 본관과 별관은 2층에 구름다리가 있다. 본관에서 별관으로 이동해서 같은 방법으로 별관의 순찰과 문단속을 한 후 11시쯤 다시 본관으로 돌아와 세콤을 켠 후 숙직실에서 쉰다. 시험지를 훔칠 수 있는 시간은 숙직기사가 별관으로 가는 10~11시의 시간이 된다.

철저한 계획으로 이번 깨진 유리창 작전은 실패할 리 없을 것이다. 안홍철은 담을 넘어 교정으로 들어간 후 본관의 반대쪽 끝에 몸을 숨겼다. 시계를 보자 10시 10분 남아있는 3학년 학생들이 거의 교문을 빠져나갔고, 남아있던 교사들도 가는지 자동차들이 교문으로 일제히 빠져나갔다.

1층 숙직실을 제외한 본관 건물 전체는 어둡다. 숙직기사가 구름다리를 건너는지 구름다리에 플래시 불빛이 움직였다.

먼저 1단계 본관 침입 작전. 이건 식은 죽 먹기다. 홍철은 1층의 한 교실에서 창문을 잠그는 고리 하나를 빼버렸다. 오래된 학교라 그런지 교실 창문이 시원찮아 큰 의심을 하는 사람은 없을 것이다. 창문을 열고 가볍게 교실로 넘어 들어갔다. 아무도 없는 교실이 조금은 스산했지만 심호흡을 한 번 하고 복도를 내다봤다. 아무도 없는 것을 확인한 후 중앙계단을 올라갔다. 중앙계단 층계참에는 '창의적인 인간 육성'이라는 학교의 교훈이 걸려있다. 안홍철은 나무 액자에 새겨져 있는 교훈을 보고는 웃음이 났다.

"학교의 교훈에 따라 창의적인 일을 하고 있습니다. 제발 성공하게 해주세요."

안홍철은 계단을 서둘러 올라갔다. 본교무실은 2층에 있지만 2층을 지나쳐 계속 계단을 올라 4층 2학년 6반 교실로 갔다.

이번 시험지 유출 대작전에서 가장 어려운 부분이 2단계 본교무실 침투이다. 본교무실도 특별할 것이 없이 일반 교실과 구조가 같다. 단지 면적이 교실 두 개를 터서 만들어 넓었다. 본교무실의 창문도 교실과 마찬가지로 고리형으로 잠겨있다. 출입문은 보안 때문인지 나무 문을 철문으로 바꿨고 앞문에는 번호키가 뒷문에는 슬라이드식 잠금장치를 안쪽에 추가 설치하였다. 열쇠 따기 전문가가 와도 소용없었다. 오직 들어갈 수 있는 방법은 번호키의 비밀번호를 알아내는 것이다. 안홍철은 몰카 설치나 엿보기로 비밀번호를 알아내려고 했었지만, 시험 직전에는 교감 선생님이 비밀번호를 변경한 후 혼자만 알고 있다는 사실을 얼핏 듣고는 포기하였다. 교무실을 안전하게 들어갈 방법이 전혀 없는 것이다.

안홍철은 교무실로 들어갈 수 있는 방법이 없을까 고민했었다. 하루는 교무실 청소 시간에 대뇌 피질에서 '파파팟' 전기가 튀었다. 교무실을 안전하게 들어갈 수 있는 획기적인 방법이 생각난 것이다. 어떻게 이런 천재적인 방법을 생각해냈는지 창의적 인간이 되라는 학교의 교훈이 자신에게 해당하는 말이라고 생각했다. 교무실에는 의외로 방어가 약한 부분이 있었다. 바로 유리창이다. 복도 쪽 유리창에는 문서를 보관하는 캐비닛들이 있는데 캐비닛 때문에 위쪽의 창문이 반 정도 보일 뿐이고, 캐비닛에 막혀 열수 있는 구조도 아니라서 창문의 방어가 소홀한 것이다.

자, 안으로 잠겨있는 유리창을 열고 어떻게 들어갈 것인가? 유리창을 깨고 들어갈 것이다. 그럼 본교무실의 깨져버린 유리창은 어떡하느냐? 깨진 유리창을 처리하는 방법은 바로 유리창 바꿔치기다. 본교무실 유리창을 깨서 안으로 들어가고 깨진 유리창은 교실의 멀쩡한 유리창으로 바꾸는 것이다. 그것을 위해서 오늘 오후에 의자로 유리창을 깨는 생쇼를 했던 것이다.

안홍철은 교실에 도착해 깨진 유리창 앞에 섰다.

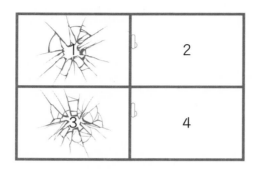

하늘도 지상 최대의 작전을 도와주는지 노리던 대로 네 개
의 창문 중에서 두 개가 깨졌다. 이제 멀쩡한 2번 유리창을 떼
서 교무실의 같은 위치 유리창을 깨고 들어가면 된다. 안홍철
은 2번 유리창을 양손으로 들어 빼냈다. 아무도 없을 때 연습
을 한지라 쉬운 작업이다. 2층 교무실로 내려왔다. 창문을 내
려 벽에 기대놓고 교무실 맞은편 면학실에서 의자를 하나 꺼
냈다. 교무실 아래쪽 창들은 캐비닛에 막혀있어 위쪽 창문을
깨야하기 때문이다.

가방을 열고 인터넷에서 구입한 가장 강력하다는 접착테이
프를 꺼냈다. 유리 파편이 흩어지는 것을 막고자 테이프를 붙
이기로 했다. 테이프를 붙이고 유리를 깨면 거미줄처럼 깨지

겠지만, 테이프에 붙어 있어 회수가 쉬울 것이다. 가장 넓은 100mm짜리 테이프지만 창문 전체에 붙이기에는 시간이 걸렸다.

더운 날씨는 아니었지만 이마에 땀이 맺혔다. 손목시계를 보자 10시 30분이 다 되어간다. 생각보다 시간이 많이 소모되었다. 앞으로 남은 시간 20분.

테이프를 가방에 넣고 뒷부분이 뾰족한 망치를 꺼냈다. 이 부분이 오늘의 대작전 중 가장 운이 작용하는 부분이다. 안홍철은 망치를 두 손으로 모은 후 눈을 감고 기도했다.

"하늘이시여 제발 잘 깨지게 해주세요."

일단 강하게 치는 수밖에 없다. 창문의 잠금 고리 쪽을 힘껏 내리쳤다. 거미줄처럼 금이 퍼져갔다. 테이프 작전이 성공한 것이다. 다음 적당한 힘 조절을 통해 손이 들어갈 정도의 구멍을 만든 후 잠금 고리를 풀었다. 그리고는 깨지지 않은 반대쪽 창문을 열고 풀쩍 넘어 케비닛 위를 지나 본교무실로 들어갔다.

"휴~ 성공이다. 혹시 모르니 복도의 의자를 넣어 둬야지."

뒷문으로 걸어가 슬라이드식 잠금장치를 밀어 풀고는 동그란 손잡이를 돌려 이중 잠금장치를 해제하고 복도로 나갔다. 의자를 다시 면학실에 넣어두고는 깨끗한 창문을 들었다. 그때였다. 5m쯤 떨어진 중앙계단에서 발걸음 소리가 들렸다.

"뭐지? 경비가 벌써 별관을 다 돌아본 건 아니겠지?"

발소리를 죽이고 교무실 안으로 들어와 잠금 소리가 나지 않도록 손잡이를 돌린 후 가운데 튀어나온 똑딱이를 눌러 잠그고 슬라이드 잠금장치도 밀어 잠갔다. 그리고 문에 기대서서 발자국 소리를 듣기 위해서 모든 감각세포를 열었다.

'뚜벅 뚜벅'

계단에서 올라오는 발소리는 본교무실 쪽으로 방향을 틀고는 다가왔다.

"아이 좆됐네."

가장 가까운 교사용 책상으로 가서 의자를 뺀 후 창문을 밀어 넣고 안쪽으로 몸을 숨기고는 다시 의자를 잡아당겨 몸을 완벽히 숨겼다. 넘어올 때, 열어둔 창문이 기억났다.

"이런 깨진 유리창도 있는데…"

발걸음 소리의 주인은 뒷문에서 멈추더니 손잡이를 몇 번 돌려 문이 잠겨있음을 확인하였다. 안홍철은 두 손 모아 기도했다. 특정 대상도 없었다.

"제발 경비가 아니기를… 경비라면 깨진 창문은 못 보고 지나가게 해주세요."

지금 이 순간은 샤머니즘도 좋으리라.

'뚜벅 뚜벅'

안홍철은 밖의 사람이 창문 앞으로 온 것을 느꼈다. 밖의 사람이 창문을 올려다보는 것이 느껴졌다.

"제발 숙직기사가 아니기를…"

6

밖에서 창문을 통해 속삭임이 들려왔다.

"야. 홍철아."

안홍철의 허파 속에 가득 들어있던 공기가 한꺼번에 빠져 나갔다. 의자를 밀치고 나가서 이중 잠금장치를 해제하고 문을 열었다. 복도에는 최재혁이 서 있었다. 반갑고도 미웠다.

"야! 이 새끼야 이제 오면 어떡해? 깨진 유리창 작전은 시간을 철저히 지켜야 한다고!"

알고 보니 최재혁도 성적 스트레스가 상당했다. 안홍철과 마찬가지로 운영위원장인 그의 어머니도 공부 때문에 엄청나게 잔소리를 해댔고, 성적이 하락한 지금 안홍철과 마찬가지로 집에서의 압박이 상당했다. 우연히 서로의 사정을 알고 의

기투합하고는 오늘 시험지 훔치는 작전을 계획한 것이다.

"혹시나 해서 이것을 준비하느라고."

최재혁은 오른손으로 들고 있는 대형 절단기를 들었다.

"일단 안으로 들어와."

안홍철은 시계를 보았다. 10시 40분이 되어간다.

"캐비닛 열쇠 찾았어?"

"아니. 일단 시간이 많이 지체되었으니 넌 깨진 창문을 원상복구 시켜. 저기 내가 교실에서 가져온 멀쩡한 창문을 교무실에 끼우고 깨진 창문 떼어내 교실에 붙이고 와. 난 열쇠를 빨리 찾아볼게."

"알았어."

최재혁은 서둘러 자신의 작업을 시작했다. 이제 열쇠만 찾으면 된다. 안홍철은 시험지를 넣어 두는 캐비닛 쪽으로 달려갔다. 저번에 열쇠를 봤던 연필꽂이 속을 뒤졌다. 연필 뭉치를 손으로 빼내고 바닥까지 보았지만 열쇠 뭉치는 없었다. 책상 위쪽의 지저분한 책들을 들치며 찾아보았지만 열쇠는 보이지 않았다.

계획대로 되지 않자 교감신경 말단에서 아드레날린이 뿜어져 나오기 시작했다.

"침착하자. 어디 있을지 생각해야 해. 홍철아 너 같으면 중요한 열쇠 뭉치를 어디에 두겠니? 분명히 가지고 다니기는 싫을 거야."

한 걸음 물러서 책상을 보았다. 책상 아래 삼 단짜리 개인 서랍장이 보인다. 저기 밖에 없다. 손을 뻗어 서랍을 당기자 당연히 잠겨있다.

"이 서랍장 열쇠를 가지고 다니면 대략 난감인데."

책상 위에 있는 물건들을 모두 들어보았다. 내선전화기, 컴퓨터 모니터, 키보드… 마우스패드를 들었을 때 조그만 열쇠가 나왔다.

"이거야!"

열쇠를 재빨리 들고는 삼단서랍에 넣고 돌리자 철컥하고 열렸다. 첫째 서랍을 열었다. 치약칫솔, 스킨로션, 클립 등 다른 문구류가 대다수이다. 두 번째 서랍을 열었다. 통장들과 서류 등이 보였다.

'이제 마지막입니다. 여기도 없으면 깨진 유리창 작전은 여기서 막을 내려야 합니다.'

세 번째 서랍을 열자 드디어 목표로 한 열쇠뭉치가 보였다. 유레카! 열쇠뭉치를 들고 시계를 보았다. 10시 46분. 교실로 창문을 끼워 넣었던 최재혁이 돌아왔다.

"찾았어?"

대답 대신 열쇠 뭉치를 들어 보였다.

그동안 청소하면서 관찰한 결과 세 개의 캐비닛에서 가운데가 2학년 시험지를 보관하는 곳이다. 3, 4번 열쇠로 위, 아래 자물쇠를 풀었다. 다음 캐비닛 손잡이를 잡고 양쪽으로 열자 그곳엔 그토록 원했던 보물들이 있었다.

"재혁아 지금 시간이 없으니 넌 아래쪽부터 한 장씩 뽑아 난 위쪽부터 할게! 서둘러야 해!"

"알았어."

둘의 손놀림은 일본의 다코야키 고수보다도 빨랐다. 작업이 끝나자 자물쇠를 다시 잠그고 원상복구를 시켰다. 그리고 들어왔던 1층 창문으로 조심히 탈출할 수 있었다. 완벽한 작전이 완료되는 순간이다. 누구도 시험지가 두 장씩 없어졌다는 것은 모를 것이다. 학교에서 멀리 떨어져 안전을 확보한 안홍철은 최재혁에게 말했다.

"야, 약속 잊지 마! 내가 전교 1등이고 네가 2등이야. 어차피 올 1등급 받으니 분명히 화학에서 1개 틀려야 해!"

"알았어. 그런데 복도 CCTV에 우리 모습이 찍혔을 텐데 괜찮을까?"

"밤새 아무 일 없었는데 일부러 돌려보지는 않을 거야"

최재혁은 악수하자고 손을 내밀었다. 안홍철은 최재혁의 손을 잡고 흔들고는 각자의 집으로 갔다.

안홍철은 깨진 유리창 작전이 성공한 다음 날 한 가지 작업을 더 해야 했기에 아침 일찍 행정실로 내려갔다. 행정실 문을 노크하고 들어가자 사무직 주무관이 반갑게 맞이했다.

"어떻게 왔니?"

"제가 2학년 6반 유리를 깬 안홍철인데요? 유리값 때문에 어머니가 유리창 교체 업자의 전화번호를 알아 오라고 하셔서요."

주무관은 친절하게 대답했다.

"아, 네가 학부모 회장님 아들이구나. 그거 학교에서 유리창 업체에 접수했어. 유리창 두 장이지? 이따 점심시간에 맞춰 오기로 했으니까 걱정하지 마. 돈은 내가 엄마한테 연락할게."

어제의 유리창은 두 개였지만 오늘은 세 개이다. 업자가 와서 두 개였는데 세 개면 어떡하느냐고 소란을 떨면 위험하다.

"그런데 유리창이 두 개가 아니라 세 개예요."

"어? 어제 담임 선생님이 분명 두 장이라고 했는데?"

"오늘 가보니 금이 가 있었어요. 어제는 안 보였는데 밤새 커졌나 봐요."

물리학적으로 말도 안 되는 아무 말 대잔치다.

"그래?"

과연 통할 것인가?

"알았다. 세 장이지? 내가 전화할게."

주무관은 미소와 함께 대답했다. 이것으로 완전범죄를 이루었다. 내일부터 시작되는 시험에서 올백을 맞기만 하면 되는 것이다.

7

시험이 끝나고 며칠 후 조회 시간에 담임 우상백 선생이 싱글벙글하면서 들어왔다.

"우리 반에서 전교 1, 2등이 나왔다. 1등 안홍철, 2등 최재혁이다. 자기 자리를 다시 찾은 것이겠지만 박수~"

아이들이 박수소리. 이 얼마나 오랜만에 받아보는 찬사란 말인가? 그래 시험은 무슨 수를 써서라도 잘 봐야 한다. 담임 선생님은 신이 나서 말을 이었다.

"안홍철은 무려 올백을 맞았고 최재혁은 화학에서 한 개만 틀렸다. 이번 시험 난이도가 꽤 높았는데 대단하다. 다시 한번 모두 박수!"

안홍철은 기분이 좋았다. 그렇지 않아도 올백과 전교 1등으로 엄마가 최신형 핸드폰과 에어팟을 사주기로 약속했다. 엄마는 드디어 그 여편네를 이겼다며 이곳저곳에 전화하였다. 물론 그 여편네는 최재혁의 엄마겠지만, 그 엄마도 아들이 1개만 틀렸으니 기분이 나쁘지만은 않을 것이리라.

정말 그랬던 것이 이번 시험 국영수 과목이 특히나 난이도가 높았고 수학 과목인 미적분은 헬게이트를 연 것처럼 난이도가 극악이었다. 아마 그냥 풀었다면 겨우 80점을 맞았으리라. 최종 성적이 나와 봐야겠지만 중간고사랑 합쳐도 전과목 1등급도 확실하리라.

하지만 미적분 수업시간에 약간의 문제가 발생했다. 담당 교과 선생님이 이번 수학 기말고사 시험에서 나온 최고 난이도 문제를 안홍철에게 풀어보라고 한 것이다.

"안홍철, 최재혁! 이번 시험 난이도가 높았는데 100점을 맞다니 공부 열심히 했나 봐? 그럼 너희가 수학 공부라면 치를 떠는 다른 학생들을 위하여 푸는 방법을 설명해볼까? 객관식 마지막 문제인 15번 문제는 치환적분법을 이용하여 자연로그 함수의 정적분을 구하는 것이었다. 그럼 안홍철이 나와서 칠판에 풀어보고 설명해 줄래?"

이런 제기랄 답만 외우고 공식은 다 까먹었는데 저 인간이 미쳤나. 왜 저러는 거야. 어떡하지? 이 위기를 어떻게 피할 수 있을까?

"안홍철 왜 그래?"

"에이 선생님 제가 부끄러움을 많이 타는 거 아시잖아요."

혓바닥이 저절로 움직이더니 되도 않는 말이 터져버렸다. 심장이 두근두근 터질 것 같았다.

"그래? 그럼 최재혁이 풀어보자."

통했다. 안홍철은 최재혁을 돌아보았다. 재혁이도 답만 외웠는지 낯빛이 어둡게 변했다.

"선생님 저도 앞으로 나가기 부끄러운데요."

"뭐야 반장이 뭐가 부끄러워? 너희 오늘 이상하다."

교실에는 큰 정적이 내려앉았다. 그때 맨 뒤에서 누군가 중얼거렸다.

"뭐야 둘이 커닝이라도 한 거야 뭐야."

안홍철이 뒤를 돌아보니 날라리 신민아다. 저년은 뭔 헛소리를 짓거리냐. 하지만 그 말을 시작으로 교실은 웅성대기 시작했다. 안홍철과 최재혁의 얼굴이 화끈거릴 때 선생님이 책상을 책으로 내리쳐 집중시켰다.

"풀지도 못하는 것들이 말이 많아? 내가 풀어줄 테니 잘 봐봐. 틀린 문제 다섯 번씩 오답노트 작성해서 내일까지 제출하는 거야."

안홍철은 한숨을 내쉬었다. 저 날라리 같은 신민아 때문에 긴장했지만 위기가 넘어갔다. 수학 시간이 끝나면 한마디 해줘야겠다. 드디어 지루한 수업이 끝났다. 안홍철은 날라리 같은 신민아에게 한마디 해주러 교실 맨 뒤로 갔다. 여학생들 사이에서 무서운 언니로 통할지 몰라도 나한테는 어림없지.

"야! 신민아 너 뭔데 사람을 모함하는 거야?"

언제 왔는지 최재혁도 옆에 와 있었다. 신민아는 고개를 들더니 두껍게 칠한 아이라인 가득한 눈으로 안홍철의 얼굴을 무심히 쳐다봤다. 안홍철은 신민아가 자신의 심연을 들여다보는 것 같아 심장이 움찔거렸다.

"안홍철 너 에스피투(SP2) 혼성오비탈 각도가 어떻게 돼?"

이게 도대체 무슨 개풀 뜯어먹는 소리란 말인가? 신민아는 확실히 무언가 의심을 하는 것 같다. 그때 최재혁이 옆에서 구세주처럼 도와주었다.

"107도다."

신민아는 옆의 최재혁에게 반격의 기회를 주지 않을 것처럼 재차 질문하였다.

"그럼 에스피투(SP2) 혼성오비탈의 각도가 에스피쓰리(SP3) 혼성오비탈의 각도보다 작은 이유는?"

이번엔 최재혁도 모르는 눈치다. 기세를 뺏기면 안 될 것 같아 안홍철은 바로 받아쳤다.

"우리가 너에게 왜 대답해야 하지?"

"우리? 너희는 며칠 전까지만 해도 의자를 집어 던질 정도로 싸웠는데 언제 우리가 됐어?"

"뭐… 다… 그야 반장 부반장이니 친한 건 당연하지. 화해했어. 화해!"

신민아의 빨간색으로 칠한 입술이 쉬지 않고 움직였다.

"그럼 올백이면서 전교 1, 2등이 이번 시험에서 맞았던 문제를 왜 몰라? 정말 이상하네. 아까 수업 시간에는 그냥 던진 말인데 이제는 진짜 수상하네."

"아이 근데 이 날라리 같은 게…"

최재혁이 성질이 났는지 앞으로 나서는 것을 안홍철이 손을 들어 막았다. 일이 더 커지면 문제가 생길 것 같아서였다.

"너 같은 날라리는 모르겠지만 에빙하우스의 망각곡선이라고 있어. 학습한 후 하루만 지나면 70%를 잊는다는 것! 아무튼, 너나 잘해. 교칙 위반인 화장이나 하지 말고. 재혁아 가자."

큰일 날뻔했다. 신민아는 건들지 말아야겠다. 몸을 돌리는데 뒷문 근처에 앉은 이휘종이 여기를 보고 있었다. 입술의 각도가 비웃는 것 같았다. 그래 너도 우리를 비웃는다 이거지?

"이 씨발놈아. 뭘 꼬라보고 있어."

"아, 아니야."

이휘종은 고개를 앞으로 돌렸지만, 화가 풀리지 않아 뒤통수를 한 대 날려줬다.

"찐따 같은 새끼가."

이휘종은 뒤통수를 맞고도 고개를 돌리지 않았다. 평소에는 그것을 원했지만 화가 더욱 치밀어 올렸다. 신민아에게 받은 스트레스가 올라오는 것 같았다.

"야, 찐따. 일어나 봐."

이휘종은 두려움에 가득 차 일어섰다.

"왜, 왜 그래?"

이휘종은 안홍철 옆에 있는 최재혁을 돌아보았다.

"재혁아. 말려줘."

"아, 이 병신이 뭘 말려줘?"

"왜긴 친구잖아."

"오, 친구라니 누구 들을까 무섭다."

"친구라며 도와달라고 했잖아. 저번에 창문 깨졌을 때, 너희 둘이 싸우면 나에게 말려달라고 했잖아."

최재혁은 발로 휘종의 배를 밀었고, 휘종은 의자와 함께 쓰러졌다.

"입 닥쳐라."

안홍철은 고개를 돌려 신민아를 보았다. 무심한 듯 이쪽을 보고 있었다. 깨진 유리창 작전을 위해 안홍철과 최재혁은 학급의 유리창을 깨야만 했다. 의자를 던지고 아무도 말리지 않으면 진짜로 싸워야 해서 평소 괴롭히던 이휘종을 말리는데 이용한 것이다. 이휘종이 계속 떠들면 저 신민아가 또 다른 결론에 도달할지 모른다. 홍철은 재혁의 옷자락을 잡아끌었다.

"야, 재혁아 그냥 가자."

"너, 운 좋은 줄 알아."

8

　안정을 찾아가는 2학년 6반에 사건이 터지고 말았다. 상백은 머리를 쥐어 잡았다. 며칠만 있으면 종업식인데 그것을 못참고 사건이 다시 터졌다. 학교 홈페이지에 이상한 사진이 올라와 있었다. 신민아가 상백에게 달려와 신고했는데 사진은 구역질이 날 것 같은 성범죄였다.

　체육복 가슴 부분에 이름을 새긴다. 신민아 이름이 선명한 체육복 위에 불투명한 액체가 있었다. 정액처럼 보였다.

　"민아야. 너 체육복 어디에 뒀는데?"

　"사물함이죠." 사물함은 교실 뒤에 있었다.

　"안 잠갔어?"

　"그걸 누가 잠그고 다녀요?"

맞는 말이다. 풍요로운 시대 사물함을 잠그는 학생은 거의 없다. 훔쳐 가지도 않으니 잠그지도 않는 것이다.

"근데 말이야 민아야… 경찰에 신고하지 않을 거지?"

교장이 노발대발했다. 신성한 학교로 침입해 여학생의 옷에 음란한 짓을 했다. 학교 출입 관리부터 구역질 나는 성범죄까지. 이게 밖으로 알려지면 뉴스에 나올 것이 빤하고, 이리저리 물어뜯을 것이 확실했다. 자신의 위치도 위험하다고 느낀 교장은 명패를 바닥에 던지며 화풀이 했고, 담임이 책임지고 잡아내라고 소리쳤다. 피해자의 담임인 것도 죄란 말이냐.

"그럼 어떻게 잡을 건데요?"

"학교에 컴퓨터 관리 기사가 있는데, 홈페이지에 올렸으니 역으로 아이피를 찾을 수 있데."

"빨리 잡아주세요. 기분 나빠서 학교에 못 있겠어요."

상백은 자리에서 일어설 그때 신민아가 상백을 불렀다.

"선생님."

"왜?"

"시험 2일 전날 밤에 그런 거 같아요."

"알았다."

어려울 것 같은 성범죄는 의외로 쉽게 해결됐다. 컴퓨터 관리 기사는 사진을 올린 아이피가 학교 인근 PC방이라고 했다.

상백은 PC방으로 달려가 주인에게 사정했다. 학교에서 발생한 성범죄임을 알리고, CCTV 한 번만 보자고 했다. 어차피

해결 안 되면 경찰에 신고해서 다시 와야 한다고 호소했다.

"아, 이거 불법인데."

"감사합니다."

CCTV에 찍힌 인물은 모자를 눌러쓰고 있었지만, 쉬이 확인할 수 있었다. 바로 자신이 맡은 학급의 이휘종이었다.

다음 날 상백은 휘종을 학생부로 불렀다. 일단 피해자인 신민아와 분리 조치도 취해야 했다. 상백은 PC방의 녹화 사진을 보이며 휘종에게 상황을 이야기했다.

"휘종아. 설마 네가 이런 범죄를 저지르다니."

"선생님. PC방에 있었다고, 저를 범인 취급하다니 너무한 것 아니에요?"

"지금 범행을 부인하는 거니? 그 PC방에서 그 사진을 올렸어."

"선생님, 저는 그런 짓을 하지 않아요. PC방에 있었다고 범인 취급하다니 억울해요."

휘종은 범행을 강력히 부인했다.

"선생님, 제가 했다는 증거를 가져오세요. 그 정액이 제거란 유전자 검사를 하면 되겠네요."

경찰에 신고하지 못하는 것을 꿰뚫은 듯한 말이다.

"왜요? 어서 경찰에 신고하세요."

"너, 정말 아니야?"

"증거요. 증거. 신민아 사물함에 체육복 됐다면서요. 범인이

밤에 교실로 침입해 일을 저지른 것 같은데 학교 CCTV를 찾아보세요."

"알았다. 미안하지만 오늘은 학생부에서 있어야 해. 교실은 못 들어가."

"네, 억울하지만 할 수 없죠."

9

점심시간 무렵 신민아가 이휘종에게 다가와 앞쪽 빈 의자
에 앉았다.

"야, 너 왜 매일 당하고 사냐?"

최재혁과 안홍철을 말하는 것이다. 처음부터 빠져나왔으면
되었을 걸 지금은 아무리 발버둥쳐도 빠져나오기는 틀렸다.

"신경 *끄시지?*"

"너, 아까 한 말 다시 해봐."

"무슨 말?"

"저 두 놈이 유리창 깨며 싸울 때 말리라고 했다면서."

"내가 왜 얘기 해야 하지?"

"네게 복수할 기회를 주기 위해서지."

이 눈앞의 날라리가 도대체 무슨 말을 하는지 모르겠다. 신민아의 눈이 초롱초롱 빛났다.

"그러니까 싸울 것을 미리 예고한 것처럼 말려달라고 했다면서?"

지금 생각하니 신민아 말이 맞았다. 최재혁이 싸우기 전 쉬는 시간에 미리 와서는 안홍철이랑 싸울 때, 유리창이 깨지면 와서 말리라고 했다.

"분명히 최재혁이 그러긴 했어."

"근데 저 둘은 죽이지 못해 으르렁거리다가 갑자기 베프라도 된 것 같지?"

정말이다. 기말고사 끝나고부터 둘이 붙어 다녔는데 휘종 자신도 궁금했다.

"그럼 민아 넌 둘이 싸움을 일부러 했다는 거야? 왜지?"

"그건 네가 알 것 같은데?"

둘은 왜 계획된 싸움을 했을까? '유리창이 깨지면 와서 말려.' 최재혁의 말이 아른거렸다.

"유리창이야. 둘은 유리창을 깨려고 했어."

"좋아. 지금부터 내 말 잘 들어. 싸울 때 분명히 동영상을 찍은 아이가 있을 거야. 그걸 찾아보자. 넌 남자들 사이에서 찾아봐. 난 여자들 사이에서 찾아볼게."

그렇게 비밀스러운 수사가 시작된 후 얼마 되지 않아 증거를 찾았다. 역시 남학생 중에서 동영상을 찍은 학생이 있었다.

수업 마치고 둘은 교실에서 동영상을 봤다.

"사내새끼가 마음먹었으면 해야지. 빨리 던져!"

동영상 속 머뭇거리는 안홍철에게 빨리 창문을 깨라는 듯이 최재혁이 외쳤다. 신민아는 초롱초롱한 눈으로 동영상을 끝까지 보고는 고개를 갸웃했다.

"일부러 유리창을 깨라고 하는 것 같은데 우리가 결론을 내고 보니 그렇게 보이는 것일까?"

"민아 넌 애들이 왜 유리창을 깨려고 한 것 같아?"

"그건 모르겠어. 하지만 난 애네들이 이번 기말고사에서 커닝을 한 것 같아. 커닝이랑 유리창이랑 뭔가 관련이 있을 텐데…"

하긴 둘의 성적은 하향 곡선을 타고 있었는데, 이번에 사이좋게 다시 1, 2등으로 복귀했다. 그것도 올백과 한 개 틀림으로써 말이다.

"다시 한번 더 보자."

동영상을 다시 재생 했다. 의자를 던지자 네 개의 창문에서 왼쪽 두 개가 박살 났다.

"어? 분명히 유리창 갈 때는 세 개였는데."

분명히 기억난다. 이휘종의 자리가 유리창 바로 아래였다. 점심시간 종이 치자마자 유리창 가는 아저씨가 와서 세 개를 갈았던 것이 기억났다.

"깨진 유리창이 하나 늘었단 말이지?"

신민아는 웃고 있었다. 이유를 알아낸 것 같았다.

"뭔가 알아냈으면 나에게도 알려줘."

신민아는 탐정처럼 손가락을 하나 들었다.

"첫째, 올백을 맞고도 수학 문제를 못 풀었고, 내가 물어봤던 화학에 대해서도 대답 못한 점으로 봐서 이들은 커닝을 했을 가능성이 높아."

"깨진 유리창으로 어떻게 커닝을 해?"

신민아는 손가락을 하나 더 펴서 두 개를 만들었다.

"둘째, 올백과 한 개를 틀리려면 보통 커닝으로는 안 돼. 이들은 모든 시험지를 훔친 거야."

"헉! 설마, 시험지를 무슨 수로 훔쳐."

"셋째, 깨진 유리창. 하룻밤에 두 개에서 세 개로 변한 깨진 유리창. 밤에 하나가 늘어난 거지."

"어떻게 깨진 유리창이 늘어?"

"시험지를 보관하는 본교무실의 유리창을 깨고 침투했다면?"

"그게 가능할까?"

"자세한 방법은 모르지만 세 가지 이유는 시험지를 훔친 것으로 귀결되지."

"이제 어떡하지?"

신민아는 이를 하얗게 보이며 웃었다.

"그날 밤 CCTV를 보는 거야. 복도마다 CCTV가 있으니 유리창을 들고 다니는 것이 녹화되었을 거야."

신민아가 이렇게 똑똑할 줄이야. 하지만 재혁과 홍철의 엄마는 학교운영위원회 위원장과 학부모회장이다. 유리창이 깨졌을 때도 장난으로 만드는 사람들이었다. 신민아가 주먹을 부르르 떨었다.

"용서 못 해. 공부 열심히 하는 학생들에 대한 기만이야. 당장 담임 선생님께 전화할게."

신민아가 스마트폰을 꺼내 들자 휘종은 이를 막았다. 담임 선생님께 말하면 그냥 얼버무리고 무마될 수도 있다. CCTV를 보도록 사건을 더욱 키워야 한다. 이제는 당하지만은 않는다. 찐다들의 복수를 보여주마.

"아니야. 더 액션이 커야겠어. 경찰도 오게 하자."

"어떻게?"

그동안 둘에게 당한 치욕이 생각나자 뇌의 뉴런들이 마구 움직이는 것 같았다.

"네가 조금 곤란할 수도 있어."

"일단 말해봐."

"성범죄를 만들어 2일 전날 밤 CCTV를 확인하게 시나리오를 짜는 거야."

10

상백은 학생부 담당 부장과 함께 1층 숙직실로 갔다. CCTV 화면이 나오고 있었고, 녹화된 동영상이 서버에 저장되고 있었다. 학생부 부장이 기계에 앉아 말했다.

"언제 보면 됩니까?"

상백은 시험 2일 전 밤에 그랬을 거라는 신민아의 말이 떠올랐다.

"24일 밤, 2학년 6반 복도를 보죠."

학생부 부장이 영상을 확대하고는 빨리 감기로 감았다. 아무것도 없는 시간이 지나다가 사람이 나왔다.

"나왔어요."

동영상을 일반 속도로 돌렸다. 동영상 속의 인물은 안홍철이었다. 안홍철은 창문을 떼고 있었다.

"뭐야? 얘는 왜 멀쩡한 창문을 떼지?"

"일단 시간 별로 추적해 보시죠."

안홍철은 2층 본교무실 앞으로 나왔다. 그리고는 본교무실 창문을 깨고 침입했다. 잠시 후 최재혁이 커다란 절단기를 들고 나타나고는 안으로 창문을 갈아 끼우고 마지막 손에 시험지처럼 보이는 종이를 가지고 사라지는 것이 나왔다. 학생부 부장이 화면에 손가락을 가리키며 말했다.

"저, 저 새끼들 시험지 훔치는 것 아니야?"

상백은 고개를 푹 숙였다. 교장이 불같이 화내는 얼굴이 떠올랐기 때문이다.

얼마 후 시험지를 빼돌린 안홍철과 최재혁은 강제 전학 조치가 내려졌다. 못 잡아먹어서 안달인 두 어머니가 힘을 합쳤지만, 경찰에 의뢰한다는 교장의 말에 전학을 받아들였다. 며칠 전 학교의 시험지 담당 부장인 부모가 시험지를 빼돌려 아들의 성적을 올려준 것을 발뺌하다 실형을 받은 뉴스가 나왔기 때문이었다.

학교는 난리가 났다. 일주일 후 재시험이 치러졌다. 그리고 보안을 위하여 1층 교실과 교무실 창에 쇠창살이 추가로 설치되었다.

시험 마지막 날 상백은 종례를 하고는 신민아를 복도에서 불러 세웠다.

"신민아, 그거 체육복 사건 범인을 아직 못 잡았는데 조금 더 기다려줄래?"

상백은 힘없이 신민아에게 말했다.

"선생님 이제 괜찮아요. 모두 해결됐어요."

"무슨 소리야? CCTV에서도 범인을 못 잡았잖아."

"그냥 잊을게요."

"그, 그래도 된다고?"

신민아는 뒤도 돌아보지 않고 손을 흔들며 복도 저편으로 멀어졌다. 뭔지 모르겠지만 상백의 마음에서 고맙다는 마음이 떠올랐다.

"고맙다. 근데 염색해."

올빼미
펠릿

양수련

　나는 교문 기둥에 숨어 녀석이 나오기를 기다렸다. 종례를 끝낸 담임이 규영을 따로 불렀기에 그냥 갈 수는 없었다. 신학기면 으레 있는 개별 상담일 수도 있지만 "나랑 얘기 좀 하자"는 담임의 얼굴은 좋지 않았다.

　규영은 삼십 분을 훌쩍 넘긴 후에야 나타났다. 교문 기둥에 붙어있는 나를 보지 못한 채 그냥 지나쳤다. 내가 집에 갔기를 바랐겠지만 기대는 빗나가기 쉽다.

　"야, 이규영!"

　녀석은 주춤거리면서도 돌아볼 생각을 하지 않았다. 못 들은 척 그냥 갈까 말까 재고 있는 중이겠지. 바짝 다가선 나는 따라오라는 턱짓을 하고는 앞장섰다.

녀석의 갈등은 진행 중이고, 그렇다고 내게서 벗어날 묘수
도 없다.

"죽을래? 빨리 안 와?"

녀석의 망설임에 나는 얼굴을 구겼다. '안 따라오면 죽는다'
는 위협의 눈초리를 다시 보낸다. 끝내 내게 정강이를 걸어차
이고서야 녀석은 움직였다.

학교 앞은 보는 눈이 많다. 담임이나 다른 선생에게 우리의
관계를 들키고 싶지 않았다. 괜한 오해를 사고 싶지도 않다.
누군가의 귀에 들어가 폭력을 운운하며 담임이 나를 상담실로
부르거나 학부모 상담이 필요하다고 생각하게 된다거나 하는
일 등은 없어야 했다.

나는 보는 눈이 없는 곳을 찾아 자리를 옮겼다.

지난 일 년 동안 녀석은 나의 화받이였다. 중학교를 졸업하
게 되면서 아쉬운 것은 규영과 멀어지는 일이었다. 하지만 내
게 이런 운이 있었나 싶게 재수가 좋았다. 규영이 나와 같은
고등학교에 배정된 것도 놀랍고 같은 반까지 되었으니 감탄스
러웠다.

어떻게 이렇게나 재수가 없을 수 있냐고 녀석은 홀로 불만
했을지 모를 일이지만. 아니 그랬을 것이다.

내가 찜찜한 것은 그 때문이었다. 규영이 담임에게 폭력 운
운하며 도움을 청했다면 말이다. 담임이 나에 관해 안 좋은 정
보를 듣게 된다면 말이다. 순탄한 학교생활을 기대하기는 어

려울 것이다.

나는 하루아침에 요주의 학생이 될 것이고 나의 하루하루
는 부대끼게 될 것이다.

규영이 옆길로 새지 않도록 앞세운 나는 원룸텔 건물의 뒷
골목으로 갔다. 학교와는 떨어진 곳이고, 인근에 학원도 없어
서 학생들은 잘 다니는 않는 곳이었다. 원룸텔 두 채가 나란히
있는 막다른 골목. 버려진 폐 가구가 있어서 사람들의 눈을 피
하기에도 좋았다.

규영은 내 눈을 피해 고개를 숙이듯 옆으로 돌렸다. 내가
바투 다가서자 원룸텔 건물 벽으로 녀석의 등이 달라붙었다.

"담임이 뭐래?"

나는 다짜고짜 물었다.

"네 얘기 안 했어."

"짜증 나게 하지 마라. 그래서 담임이 뭐라더냐고?"

"전…, 전학 가려는 이유가 뭐냐고."

"이걸 확 그냥!"

나는 모르고 있었다. 등교 하루 만에 규영이 전학신청을 했
다는 것을. 이유는 묻지 않아도 짐작이 간다. 같은 학교에 배정
된 줄은 알았겠지만 나와 같은 반까지 될 줄은 몰랐던 것이다.

전학을 결심했다면 내 얘기를 담임에게 하지 않았을 리도
없다. 전학을 하려는 이유를 설명해야 했을 테니까. 하지만 규
영은 나에 관한 그 어떤 말도 하지 않았다고 극구 부인했다.

"그래 좋아. 네 말 믿어줄 테니까 전학은 없던 걸로 해라."

"어?"

"전학 가면 좋을 것 같지? 천만에. 어디 한번 가봐. 내가 어떻게 하나. 나도 네가 있는 그 학교로 옮기면 그만이야. 어쩔 거야?"

"뭐얼?"

"전학, 없던 걸로 하라고 짜식아."

나는 다시 한 번 쐐기를 박았다. 그러고는 녀석 앞에 손을 내밀었다. 가진 돈이 있으면 내놓으라는 것이었지만 규영은 입술을 꼼지락거렸다.

"그, 그게 말이지."

"뭐야? 설마 없다는 건 아니지?"

"실은 엄마한테 달라는 말을 못 했어."

"야, 너 돌대가리냐? 그걸 왜 네 엄마한테 말해? 말하면 네 엄마가 오냐 옛다, 하고 참 잘도 주겠다. 이걸 확!"

나는 습관적으로 올라가는 손을 꾹 참고 점퍼 주머니 속에 가뒀다. 쇠 젓가락은 그 안에 있었다. 수박이 잘 익었는지를 확인할 때처럼 나는 손대신 쇠 젓가락으로 규영의 머리를 톡톡 쳤다.

참고서를 산다거나 학원비를 내야 한다거나 그깟 몇 만 원쯤은 얼마든지 타낼 수 있다. 규영은 그런 잔머리를 굴릴 줄 몰랐다. 하기는 그래서 내게 지청구를 듣고, 자신의 용돈을 뜯기는 거겠지만.

나는 녀석의 가방을 뺏어서 보란 듯이 허공에 대고 엎었다. 안에 있던 책과 노트 그리고 필통 등이 우르르 바닥으로 쏟아져 내렸다. 돈은 나오지 않았다. 나는 녀석의 가방을 팽개쳤다.

규영이 내 앞에 쪼그려 앉아 제 가방의 물건을 주섬주섬 챙긴다.

"오늘은 봐준다만 내일도 오늘이면 죽는다!"

나는 녀석의 눈을 찌를 듯이 검지와 중지를 코브라의 이빨처럼 앞세웠다. 규영은 달려드는 내 손을 피해 상체를 뒤로 물리다가 땅바닥에 주저앉았다.

나는 불량하게 침을 퉤퉤 옆으로 내뱉고 골목을 나왔다. 그러고는 대로변 앞에 서서 좌우를 쓰윽 살폈다. 나를 쳐다보는 눈이 없다는 것을 확인하고, 나는 PC방 쪽으로 방향을 틀었다. 양손을 점퍼 주머니에 찔러 넣고 발을 떼는데 누군가의 어깨가 닿았다.

"뭐야? 씨팔!"

나는 짜증 난 얼굴을 하고 고개를 획 돌렸다.

"미안해, 학생."

누르스름한 점퍼에 꾸부정한 걸음걸이까지 힘없는 영감이다.

"일 없으면 집에나 쳐있을 것이지 왜 나와 갖고선 걸구 치고…."

잔뜩 꼬인 내 성질대로라면 '지랄이냐'는 말이 나와야 했다.

영감의 눈과 마주친 순간, 나는 그 말을 삼키고 말았다.

싹수가 노란 내 언행 때문이었겠지만, 다문 입으로 나를 바라보는 영감의 눈빛이 예사롭지 않았다. 굶주린 맹수처럼 날카로운 그 눈빛에 나답지 않게 쫄았다.

"좋아. 아~주 좋아."

뭐가 좋다는 것인지는 알 수 없었다. 영감의 얼굴에 웃음기라고는 전혀 없어서 '좋아'는 꽤나 아니 몹시도 살벌하게 들렸다. 재수 옴 붙었다. 놀란 심장을 달래며 나는 재빠르게 그곳을 떴다.

"미칠 거면 곱게나 미치든가. 좋기는 뭐가 좋다고?"

나는 서른 보쯤을 걷고 난 뒤에야 슬쩍 뒤돌아봤다. 영감은 내가 빠져나온 뒷골목을 들여다보고 서있었다.

나는 기분이 더러웠다. 그리고 불안했다.

나의 범죄현장을 누군가에게 들킨 것처럼….

반대쪽으로는 나갈 수 없는 막다른 통로다. 내가 나온 곳으로 녀석도 나와야 했다. 그때까지 규영은 뒷골목을 빠져나오지 않은 상황이었다.

등짐을 쥔 영감은 모로 서있었고, 빨랫줄로나 쓸 것 같은 줄 뭉치는 영감의 손에 들려있었다.

영감은 규영이 있는 골목 안에서 시선을 떼지 않았다.

"뭐 하자는 거야, 대체?"

아직 골목 안에 있는 규영이 신경 쓰였다. 하지만 나는 당기는 꼭뒤를 털어내고는 종종걸음으로 그곳을 벗어났다. 그대로 있다가 누군가의 눈에 띄기라도 하면 일이 복잡해질지도 모른다는 생각이 들어서였다.

'좋아'를 연발하던 영감의 석연찮은 눈빛은 자꾸 아른거렸다. 나는 영감의 눈을 피하듯 편의점 안으로 들어섰다.

컵라면 한 개와 핫바 하나를 샀다. 뜨거운 물을 부어둔 컵라면이 익기도 전에 나는 핫바를 한입에 다 먹어치웠다. 컵라면이 온전히 익으려면 좀 더 기다려야 했다. 일회용 나무젓가락이 테이블 한쪽에 있었지만 나는 주머니 안에 있는 젓가락을 꺼냈다.

규영의 머리를 때릴 때 쓰던 내 젓가락. 나는 옷자락에 젓가락을 쓰윽 문질러 닦고는 먹을 준비를 했다.

밖에 나와서도 내 젓가락이 있다는 것에 나는 위로를 받는다. 인스턴트를 먹을망정 누구나 다 쓰는 일회용 젓가락을 쓰고 싶지 않은 마음이랄까.

포크나 수저를 가방에 넣어갖고 다니는 애들도 있기는 했다. 포크는 유치하고 수저는 왠지 또 바보 같다.

중학생이 되고 1학기가 넘어가던 여름방학 때였던 듯싶다.

전자레인지에 넣어 돌리기만 하면 먹을 수 있는 피자나 핫도그, 만두 등이 우리 집 냉동고에 가득했다. 이상한 것은 배가 고파도 집에 있는 인스턴트 음식에 손이 가지 않는다는 사실이었다.

아무리 먹어도 배가 부르지 않기도 했다. 먹으면 먹을수록 허기지는 음식이 있다면 바로 우리 집 냉동고에 있는 것들이다.

그 무렵, 편의점에서 먹는 컵라면은 내게 당연 최고였다. 냉동고 안에 있는 인스턴트 음식 대신에 나는 젓가락을 챙겼다. 편의점 컵라면을 내 젓가락으로 먹자면 진짜 음식을 먹는 것 같았다.

아빠는 초등학생인 나를 다 큰 애처럼 대했다. 의젓하지 못하다, 칠칠치 못하다는 잔소리를 늘어놓으면서도 동생과 새엄마 앞에서는 없는 내 장점들을 찾아서 아니 억지로 만들어서라도 나를 치켜세웠다.

나는 한 자리에서 상반된 모습을 보여주는 아빠가 어려웠다.

어느 장단에 맞춰 춤을 춰야 할지 몰라 헷갈렸다. 내가 어떤 아이인지 알 수 없었다.

아빠한테 혼나는 내가 진짜인지, 새엄마 앞에서 칭찬을 듣는 내가 진짜인지. 어쨌거나 새엄마는 식탁에 함께하지 않는 나를 위해 냉장고를 채웠고, 새엄마로 인해 생긴 동생 기수는 나를 세상에 둘도 없는 대단한 형이라 여겼다.

모든 것이 다 아빠 때문이다.

그들과 있자면 부대꼈고, 심하면 부아가 치밀어 올랐다. 나를 헷갈리게 만드는 아빠와 먹을 것만 챙기는 새엄마와 나를 자랑스럽게 여기는 동생 사이에서 나는 점점 내 멋대로가 되어갔다.

나는 밖에서 더 많은 시간을 보냈다. 내가 나로 있을 수 있는 평온함이 그곳에 있었다. 일회용이 아닌 내 젓가락을 편의점에서 고집하게 된 데에는 그런 배경들이 작용한다. 남들은 이런 나를 비웃겠지만 내가 먹는 것이 곧 나다. 일회용처럼 아무 데나 쓰이고 버림받는 그런 내가 되고 싶지 않다.

나는 설익은 컵라면을 나만의 젓가락으로 한입 가득 밀어넣는다. 내 젓가락으로 먹는 편의점 컵라면만큼 이상적인 음식도 없다.

내겐 최고의 음식이다.

PC방에서 시간을 보낸 나는 늦은 밤이 되어서야 그곳을 나왔다. 간간이 가로등이 있긴 했지만 한밤의 주택가 골목은 어둑하고 황량했다.

큰길로 돌아가도 되는 길이지만 나는 주택가를 가로지르는 지름길로 다녔다. 높은 아파트 건물이 보이는 큰길가는 주택가보다 더 황량해서 집으로 가는 길을 외롭고 쓸쓸하게 만든다.

201동 1204호. 내가 사는 집이다. 아니, 거주하는 곳이다.

1204호에 도착했을 때 거주지의 불은 모두 꺼져 있었다.

이곳에 나는 없다. 내가 들어오든지 말든지 아무도 신경 쓰지 않는다. 등치만 컸지 내 안에는 아직 어린애가 있는데 말이다. 어떤 때는 가출이나 해버릴까 싶기도 하다. 내가 사라지고 난 뒤에 아빠와 새엄마의 표정이 어떻게 변할지는 궁금하지도 않다.

이 집에서 나는 분란의 존재일 뿐이다. 누구도 나와 마주치는 걸 원치 않는다. 아무것도 모르는 동생 기수는 예외다.

씻는 것은 귀찮았다. 나는 속옷 차림이 되어 팔베개를 하고 누웠다. 낡은 침대는 내가 움직일 때마다 삐거덕거리는 소리를 냈다.

나는 불협화음 같은 그 소리를 자면서도 들었다.

새엄마는 이른 아침부터 냉장고에 넣어뒀다는 식빵을 찾아 다녔다. 게슴츠레한 얼굴로 나온 나는 왜 이렇게 시끄럽게 구냐는 떨떠름한 표정으로 새엄마를 쳐다봤다.

"토스트를 좀 만들려고…. 분명히 냉장고에 둔 것 같은데 말이야."

새엄마가 찾는 식빵은 내 방에 있었지만 나는 말하지 않았다. 이맛살을 찌푸리고, 말은 하기도 싫다는 태도를 하고는 화장실로 직행했다.

밖에서 다 먹고 왔음에도 1204호에 오면 나는 버릇처럼 냉장고 문을 연다. 간밤에도 그랬다. 뭐가 있는지 냉장고 안을 스캔하고는 식빵을 꺼내 내 방으로 왔다. 먹지도 않을 거면서 허기진 마음이 시키는 그 일에 나는 순순했다.

볼일을 보고, 찬물에 세수를 하고 나와서는 나는 또 내 방으로 직진했다. 새엄마와 눈이 마주치는 일은 하고 싶지 않았다. 새엄마도 그랬을 것이다.

학교에 가기 위해 내가 가방을 들고 다시 나왔을 때, 아빠와 동생 기수는 식탁에 앉아있었다.

새엄마가 전기밥솥에 있는 밥을 푸며 말했다.

"밥은 먹고 가야지."

"생각 없어요."

"밥을 무슨 생각으로 먹어? 그냥 먹는 거지."

"눈뜨자마자 무슨 밥이야. 공부는 공복에 하는 게 머리에 더 쏙쏙 들어오지. 그렇지 아들?"

아빠는 늘 이런 식이다. 목소리마저 다정하다. 새엄마와 동생 앞에서 언성을 높이는 그런 일은 절대 하지 않는다. 내게만 이렇게 해라, 저렇게 해라 잔소리가 심하다.

옳지도 않은 그른 잔소리.

"아빠 말씀 들으셨죠? 그럼 전 이만."

나는 아무렇지 않은 척했지만 현관으로 향하는 내 기분은 이미 바닥을 치고 있었다. 다른 집과 별다를 것도 없이 되풀이되는 아침이겠지만 내게는 뼛속까지 외롭고 살벌한 아침이다.

"밤늦게까지 공부하느라 너무 애쓰지 말고 일찍 들어와."

아빠는 바닥 친 내 마음에 못을 쾅쾅 박는다. 내가 공부와
는 담쌓고 다닌다는 걸 뻔히 알면서도 새엄마 앞에서 착한 말
들을 해댄다. 창피한 아들을 포장하기 바쁘다.

내가 열 살이 되던 어린이날이었다. 새엄마와 나를 만나게
한 그때도 아빠는 내 마음에 못을 쾅쾅 박아댔던 것 같다.

아빠는 선심 쓰듯 잠실 롯데월드에 나를 데려갔다. 멀미 나
는 바이킹을 타고 내려왔을 때 '새엄마'는 아빠의 선물인양 그
곳에서 나를 기다리고 있었다.

"네가 한수구나."

내게 손을 흔드는 선물은 마음에 들지 않았다. 여자는 배가
볼록했고, 놀이기구를 타는 일은 뒷전이었다. 아빠는 여자의
곁에 머물렀고, 나는 혼자서 놀이기구를 타고 다녔다. 내가 싫
다고 하면 '새엄마'는 없던 일로 하겠다고 했지만, 내 마음대
로 물릴 수 있는 것이 아니라는 것은 열 살이라도 알았다.

어린이날답게 놀이기구마다 가족단위의 사람들이 줄을 이
었다. 나는 어린이날을 제대로 즐기지 못했다. 내 마음은 흠집
이 난 상태였고, 롯데월드를 나와서는 마음에 들지도 않는 아
빠의 선물과 함께 집으로 왔다.

나를 낳아준 엄마에 대한 기억이나 그리움 같은 것은 딱히
없었다. 아빠와 단 둘이 살아도 괜찮았다. 그리고 느닷없는 새
엄마의 등장은 내 생각처럼 나쁘지만은 않았다.

새엄마가 아빠 사무실에서 일하던 직원이었다는 것을 알고

는 세상이 엿 같았다. 내 기억에는 없는 엄마지만 아빠가 엄마를 두고 새엄마와 바람이 났었던 것이라고 여겼다. 더불어 아빠와 함께하는 자리는 거북했고, 새엄마가 차리는 식탁엔 거부감이 밀려왔다.

새엄마와 단둘이 있자면 나는 뭘 어떻게 해야 될지 몰랐다. 방으로만 숨어들었다. 그렇다고 새엄마가 무조건 싫은 것도 아니었다. 양말이 주방에 있거나 행주가 거실 바닥에 있거나 설거지가 쌓이거나 분리수거를 못해 집안 곳곳에 쓰레기가 너저분하게 돌아다니는 일들이 사라졌으니까.

하지만 그것도 잠깐이었다. 동생 기수가 태어나고는 점점 발을 어디다 두고 다녀야 할지 몰랐다. 나보다 열 살이나 어린 동생을 내가 미워했냐면 그건 또 아니다.

내 마음이 사나워지기 시작한 것은 아빠한테 뺨을 얻어맞고서였다. 그것도 형을 자랑스럽게 여기는 어린 기수 앞에서.

철썩! 철썩!

찰진 소리가 쌍으로 오갔다. 놀란 이성이 두뇌 밖으로 도망치는 듯했다. 나는 뺨도 뇌도 얼얼해서 아무 생각도 나지 않았다. 아빠에게 맞은 건 처음이었다. 충격을 받은 그날에 나는 동네 놀이터에서 친구와 싸웠다.

일방적으로 내가 폭행을 저질렀다는 게 더 맞는 말일 테지만….

그 친구가 무슨 말을 했는지 나는 모른다. 격분해 있던 나는 죽자고 덤벼들었다. 나중에야 안 일이지만 그 친구는 왜 그 렇게 똥 씹은 얼굴이냐는 말을 했을 뿐이었다.

어쨌든 그 친구는 내게 얻어맞아 쌍코피가 터졌고 앞니가 빠졌고 턱이 나갔다.

나는 사과하지 않았다. 내 주먹이 이렇게나 강했나? 그런 생각을 스치듯이 했을 뿐.

그의 부모는 나를 폭행으로 경찰에 신고했다.

새엄마는 나 대신 잘못했다며 합의해달라고 사정했지만 소 용없었다. 잘못을 인정하지 않는 나로 인해 화가 머리끝까지 난 친구의 부모는 어린놈이 싹이 노랗다는 이유로 선처를 완 강히 거부했다.

그 일로 나는 관할법원의 소년법정에 세워졌다. 판사 앞에 서고 나서야 두려움이 모락모락 피어올랐다. 다시는 그러지 않겠노라고, 나는 울먹이는 얼굴로 판사 앞에 용서해 달라고 사정했다. 친구와 그의 부모 앞에서 또 무릎을 꿇고 용서를 구 했다.

판사는 내게 1호와 3호의 보호처분명령을 내렸다. 아빠와 새엄마에게 6개월 동안 나를 관리하도록 위탁하고 20시간의 사회봉사를 이행하도록 한 것이다.

소년법정을 나설 때는 나도 모르게 웃음이 피식 새 나왔 다. 괜히 쫄았구나, 싶었다.

아빠는 아들인 내가 소년법정에 섰다는 것을 담임이 모르길 원했다. 여름방학 동안에 사회봉사 명령을 이행할 수 있도록 날을 따로 받아온 것은 그런 이유였다.

그해 여름, 나는 하루 4시간씩 5일 동안 보호관찰소에서 지정해준 노인복지관에서 봉사활동을 했다. 복지관을 돌며 쓰레기를 줍거나 잔심부름을 하는 일이었는데 눈앞에 없으면 그만인 일이었다. 남들 눈에 띄지 않는 곳에서 나는 시간을 때우다가 집으로 왔다.

"니들 판사 만나봤어? 판사 얼굴도 못 본 녀석들이 까불기는."

소년법정에 다녀온 뒤로 나는 겁을 상실했다. 무릎을 꿇었던 일은 잊혔고, 판사를 만난 일은 훈장처럼 되어버렸다. 내 기분대로 행동하는 것이 일상이 됐다.

식탁에 앉지 않는 내게 새엄마는 돈을 쥐어줬다. 뭐든 사먹으라는 뜻이었겠지만 새엄마가 주는 돈은 이상하게 돈 같지 않고 종이 같았다.

남의 돈을 만지기 시작했다. 교실은 위험했다. 돈이 없어졌다는 사실을 담임이 알면 범인을 잡겠다며 학생들을 잡았다. 지겨웠다.

나는 교실 밖에서 친구들의 돈을 뜯어냈다. 집에서건 밖에서건 내 꼴리는 대로 하고 지냈다. 새엄마와 나 사이는 점점 더 멀어졌다. 아니, 가족이란 테두리 밖으로 나는 밀려났다. 형식적인 관계가 됐다.

그들은 언제 터질지 모르는 폭탄을 손에 든 것처럼 내 눈치를 보고 조심스러워했다. 그러든지 말든지. 그까짓 집, 수틀리면 나와 버리면 그만이라고. PC방이든 찜질방이든 편의점이든 밤을 넘길 곳은 얼마든지 있다고.

나는 그 어떤 것도 상관하지 않았다. 내겐 돈을 뜯길 친구들과 내가 머물 곳이 어디에나 있었으니까.

＜

규영이 슬그머니 고개를 돌렸다. 나를 못 본 척 하려던 것이었겠지만, 내가 그냥 지나가 주길 바란 것이겠지만 난 아니었다. 복도에는 다른 친구들도 있어서 나는 그들에게 웃는 낯빛을 던져주고는 아무렇지 않은 얼굴로 녀석에게 다가섰다.

"수업 끝나고 분식집에서 보자."

나는 겁박의 눈초리를 흘리면서 말했다. 그리고 돌아서려는데 규영이 "한수야" 했다.

어쭈. 나는 실소와 함께 다시 돌아섰다.

규영은 아랫입술을 잘근잘근 씹기만 했다.

"불렀으면 뭔 말을 해야지."

"그, 그게 말이야…. 너랑 나…, 친구잖아."

"그래서 뭐?"

"치, 친구끼리… 그러면 안… 되는 거잖아."

내게 훈계라도 할 참인가. 느려 터진 말로? 참 꼴값을 떤다. 나는 짜증이 확 밀려와 안 되는 게 뭐냐고 눈을 부라렸다.

"니들 거기서 뭐해?"

담임이 복도에 나타나고 수업종이 울렸다.

어느 순간 복도는 텅 비어있었다. 규영과 나의 대화도 거기서 끊겼다.

사회수업은 지겨웠다. 담임은 공평하고 정의로운 공정사회에 관해 운운하고 있었지만 내게는 죄 엿 먹어라, 였다.

사회적 약자를 배려한다고? 웃기지도 않는다. 나는 집에서도 배려를 못 받는데 말이다. 가족도 엄연히 하나의 사회 아닌가.

새엄마는 편법으로 우리 집에 들어왔고, 나는 동생과 차별대우를 받는다. 새엄마와 아빠 사이에 태어난 동생은 성골이고 나는 진골 측에도 끼지 못하는 6두품 아니, 5두품은 될까 싶다.

아빠는 공정하지도 정의롭지도 않았다. 새엄마도 공정과는 거리가 멀다. 가족 사회에서 나는 소외당하고 있으며 정신적 관계의 빈곤에 시달리고 있다.

우리 가족.

사실, 이 말은 쓰고 싶지 않다. 대체할만한 좋은 다른 단어가 떠오르지 않으니 당장은 '우리 가족'이라고 쓰고 보겠다.

공정한 가족 사회가 이뤄지려면 아빠와 새엄마는 약자인

내게 관심을 보여야 한다. 나는 우리 집 아니, 가족 사회에서 배려를 받아야만 하는 미성년자다. 아빠는 가족의 대표로 나에 대한 보호와 건전한 부양의 의무를 간과해서는 안 된다. 나와 단 둘이 있을 때든, 가족 모두가 있을 때든 서로 다른 말로 내게 혼란을 줘서는 안 된다.

수업은 남들이 들으면 비웃을지도 모르는 상념에 내가 빠져 있는 동안에 끝이 났다. 오늘은 7교시까지 만땅인 날이고, 아직도 2교시 수업이 더 남아있다는 사실에 나는 정신이 아득해 온다. 게다가 내가 싫어하는 음악과 역사 수업이다.

내가 아무리 싫어해도 수업은 진행되고, 7교시가 끝나는 순간도 어김없이 찾아왔다.

나는 녀석이 딴생각하지 못하도록 따라붙었다. 다른 길로 접어들려고 하거나 머뭇거리면, 나는 분식집 방향을 눈짓했다.

아직은 보는 눈이 많은 학교 앞이다. 나는 규영과 적당한 거리를 두고 걷는다. 내가 녀석을 따라다니며 괴롭혔다는 말을 옮길 목격자는 만들지 않아야 했다.

분식집에 들어서자마자 나는 '원투쓰리'로 음식을 시켰다. 떡볶이와 쫄면 그리고 마지막 입가심으로 도시락을 골랐다.

규영은 주문하는 나를 멍하니 보고만 있었다.

"뭐 먹을래, 넌? 내가 시켜줄게."

돈을 낼 것도 아니면서 나는 내가 사는 것처럼 거드름을 피웠다.

"난 집에 가서…. 우리 엄마가 카레 만들었다고… 문자 왔거든."

규영의 '우리 엄마'란 말을 듣는 순간 나는 기분이 꼬였다. 부러워서는 아니었다. 갑자기 입맛이 싹 사라졌다.

규영은 끝내 주문하지 않았고, 내가 시킨 원투쓰리가 줄줄이 나왔다.

나는 점퍼 주머니에서 내 젓가락을 꺼냈다. 냅킨으로 쓰윽 문질러 닦고는 젓가락을 떡볶이 중앙에 푹 찔러 넣었다. 내 기분이나 입맛과 달리 떡볶이는 입속으로 잘도 들어갔다.

내 기분이 별로라는 것을 아는 규영은 조용히 있었다. 내가 원투쓰리를 먹어 치우는 걸 지켜만 봤다. 같이 먹자는 말은 하지 않았다.

나는 사랑받지 못한 가족 사회의 일원이니까. 규영 앞에서만이라도 나는 우선이고 싶었다. 대우받는 사람이고 싶었다.

그것이 나에 대한 공정이라고 여겼다. 집과 학교에서의 생활을 뭉쳤을 때 플러스 마이너스 제로가 되어 균형을 이루도록 하는 것 말이다. 얹히는 것도 불사하며 나는 원투쓰리 음식을 전부 다 싹 비웠다.

냅킨으로 입을 닦은 나는 손바닥을 펼쳐 규영의 턱 밑에 들이댔다. 암묵적인 약속의 수신호에도 규영은 눈만 끔뻑거렸다.

나는 내민 손을 회수했다가 더 큰 동작으로 다시 내밀었다.

"어, 없어."

"어, 없어? 내 손에 진짜 죽어볼래? 오늘이 어제랑 똑같으면 안 되지. 오늘도 없으면 내가 가만 안 둔다고 했냐, 안 했냐?"

나는 눈을 부라렸다. 그 순간, 녀석의 눈동자가 뒤로 넘어갔다.

"우리 엄마 정말로 힘들게 일하시거든."

"나라고 쉽게 이러는 거 같냐? 나도 힘들게 이러는 거거든."

"그동안 내 용돈 너한테 다 줬잖아. 너도 부모님한테 용돈 받잖아. 나보다 더 많이."

규영이 말을 길게 했다.

내 앞에선 항상 주눅 들어 있던 녀석인데 말이다. 지금은 완전 딴 애가 된 것 같다. 더듬던 말도 미끄럼틀을 타듯 쑥 빠져나왔다.

그래, 용돈은 나도 받는다. 내가 받는 용돈 아니, 새엄마가 멋대로 내 주머니에 찔러주는 돈이 녀석의 용돈보다 훨씬 더 많을 테지만 그게 뭐 어쨌다고. 내가 녀석을 삥 뜯는 데에는 이유도 목적도 없다.

아, 조공! 규영이 내게 건네는 것은 그런 것이다. 약자가 강자에게 자신을 보호해 달라고 갖다바치는 것 말이다. 나는 내 조공을 챙기는 것뿐이라고 그 말을 하려던 참이었다.

내 손을 뿌리치듯 규영이 자리에서 벌떡 일어섰다.

"이건 내가 낼게. 하지만 이번이 마지막이야."

"허얼!"

나는 기가 막히고 코가 막혀 웃었다. 규영이 하루아침에 맹랑해졌다. 눈도 못 마주치고 말은 느려 터지던 내가 알던 그 규영이 아니다. 하루 아침에 규영이 미친 모양이다.

막다른 골목 앞에 서있던 영감의 모습이 나의 뇌리를 스쳐 갔다. 내게 '좋아'를 연발하던 미친 영감 말이다.

규영의 겁 대가리 상실과 연관이 있으려나.

내가 왜 그토록 규영에게 집요하게 구는지 나는 모른다. 꼬일 대로 꼬인 내 기분 때문인지, 바보처럼 구는 규영이 만만해서인지 그것도 아니면 또 다른 그 어떤 이유 때문인지. 나는 알 수 없다. 다만, 녀석에게 특별한 악감정을 갖고 있지 않다는 것만은 분명하다.

중학교 2학년 말 때쯤일 것이다. 그때의 나는 종잡을 수 없는 마음을 어디다가 어떻게 터뜨려야 좋을지 몰라 발광했다.

새엄마 아니, 아빠와의 갈등이 증폭되면서 밖으로 나오지 못한 나의 화로 인해 나는 온몸이 뜨거웠고 머리가 터질 것만 같았다. 아빠는 본인의 일상으로 쉽게도 돌아갔지만 나는 아니었다.

말이 좋아 질풍노도이지 나는 혼자 지랄발광이었다. 억울했다. 나를 몰라주는 아빠가. 누구라도 내게 말을 걸라치면 이유도 없이 부아가 치밀었다. 폭탄 같은 말들이 뻥뻥 파편을 만들어냈다. 공부라거나 내가 좋아하는 축구에 미쳤다면 좋왔겠지만 나는 내 주변을 다 불태워 없앨 것처럼 정신이 나가 있었다.

내 눈밖에 나는 것들은 저주를 피하지 못했다. 내 눈밖에 나지 않아도 내 눈에 띄면 저주는 피할 수 없었다.

개 좆 같은 세상, 폭삭 꺼져 버려라!

나는 하늘과 땅에 대고 수시로 저주를 퍼부었다.

나는 막 나갔다. 그만큼 또 힘이 있다고 착각했다. 나와 눈을 마주치는 녀석들이 하나둘씩 사라져 갔다. 편의점에 들어가 천연덕스럽게 물건을 훔쳐갖고 나오는 일은 과하게 스릴 넘쳤다.

아, 이제야 생각이 난다.

내가 언제 규영을 처음 봤는지. 내가 왜 규영을 보면 괴롭히고 싶은지. 편의점에서 젤리 몇 봉을 훔쳐 달아나려던 그 때에 규영이 내 앞에 있었다. 왜 그런 짓을 하냐는 듯이 이해할 수 없다는 황당한 눈빛을 하고는 나를 빤히 들여다보고 있었다.

"뭘 봐? 눈깔 안 돌려?"

훔친 것도 나고, 도망치는 것도 나고, 화를 내는 것도 나였다.

어디다 대고 터뜨려야 될지 모르던 내 안의 붉은 용암이 규영 앞에서 팍, 터지고 말았다. 용암 걸레 같은 내 말에 규영은 찍소리도 못했다. 내가 하는 말에 넙죽넙죽 잘도 따랐다.

그랬던 규영이가 말이다. 원투쓰리 음식 값을 지불하고는 뒤도 돌아보지 않은 채 꽁무니를 내빼고 있다. 하루 아침에 달라진 규영은 대수롭지 않았지만, 녀석과 녀석의 변화 그 사이에 낀 그 무엇인가에 나는 몹시 불안감을 느꼈다.

나는 그날의 미친 영감을 다시 떠올리지 않을 수 없었다.

━━✂━━

나는 매대에서 집어온 컵라면을 계산대에 올려놓았다. 핫바도 같이. 아르바이트생이 포스 단말기로 계산을 하면서 나무젓가락이 있는 곳을 말해줬지만, 나는 뭐라는 거야, 하는 게슴츠레한 시선으로 가뿐하게 묵살해줬다.

2년 넘게 이용하고 있는 내겐 단골집이나 다름없는 편의점이다. 그러고 보니 아르바이트생이 바뀌었다는 생각을 하며 나는 왕뚜껑의 수프를 뜯어 다시 넣고 온수통의 물을 받았다.

긴 탁자는 유리벽 앞에 있었다. 나는 왕뚜껑을 눈앞에 두고 앉아서 핫바를 우걱우걱 씹었다. 입에 들어갔나 싶은데 순식간에 나무봉만 남았다.

왕뚜껑은 뚜껑만 컸지 양은 '왕'이 아니어서 한 젓가락을 먹고 나니 뽀시래기들만 남았다. 아쉬운 마음으로 마저 건져 먹고 있는데 '좋아' 영감이 편의점 건너편에 있는 것이 보였다. 신호가 초록빛으로 바뀌자 영감이 어기적어기적한 느린 걸음으로 횡단보도를 건너오더니 내가 있는 편의점 안으로 들어오는 것이 아닌가.

영감과 마주치고 싶지 않았기에 나는 등을 비스듬히 돌렸다. 고개는 자꾸 돌아가서 영감을 힐끔거렸다.

내 시선이 그러다 어느 순간에 멈칫했다.

매대를 둘러보는가 싶었는데, 영감이 공업용 커터칼 하나를 슬쩍하는 것이 아닌가. 영감은 그것 말고도 초코바와 작은 사이즈의 컵라면을 점퍼 안에 숨겼다. 그러고는 아르바이트생이 손님의 계산을 돕는 그 와중에 영감은 태연하게 편의점을 빠져나갔다.

나는 입술이 삐뚤어진 웃음을 지었다. 고작 좀도둑 주제에. 영감의 '좋아'에서 느꼈던 섬뜩함이 봄눈처럼 녹아내렸다.

영감의 실체를 본 뒤로 나는 영감이 편의점에 들어가거나 나오는 것을 볼 때면 코웃음이 절로 나왔다. 그렇다고 편의점에 알리고 싶다거나 신고할 마음 따위는 없었다.

언젠가 유용하게 쓰일 때가 있을 것이다.

평소에는 잘 없는 편의점 사장이 요샌 자주 보인다. 그의 표정은 어두웠고 짜증이 물씬했다. 그도 그럴 것이 CCTV가 설치되어 있음에도 좀도둑은 잡기 어려웠다. 자꾸 없어지는 매대 물건에 아르바이트생을 곁에 둔 사장은 손님인 척 굴었다.

하지만 사장의 얼굴을 나는 안다. 2년이나 들락거린 단골 편의점이다.

"잡히기만 해 봐. 가만 안 둘 테니까."

화가 난 편의점 사장은 이를 악문 혼잣말로 각오를 다졌다. 좀도둑을 잡자고 잠복 아닌 잠복을 하면서 정체를 드러내는 사장에 나는 또 코웃음을 쳤다.

사장과 새로 온 아르바이트생은 내게도 의혹의 눈초리를 보냈다.

나는 즐겼다. 그들이 보내는 경계와 의심을 받으며 왕뚜껑 국물을 바닥까지 싹 비웠다.

"자알 먹었다."

나는 빈 용기를 쓰레기통에 버리고는 사장과 아르바이트생이 놓친 범인의 뒤를 따라 유유히 편의점을 나왔다. 특별한 생각이 있었던 것은 아니었다. 나는 일없이 영감의 뒤를 밟았다.

영감은 훔친 물건들과 함께 원룸텔 건물 안으로 들어갔다. 내가 자주 가는 막다른 골목이 있는 그 원룸텔 말이다. 영감은 고시원과 별반 다를 바 없는 그곳에 근거지를 두고 있었다.

나는 다음날에도 원룸텔 인근을 지켰다. 영감은 정오 무렵이 되어서야 밖으로 나왔다. 원룸텔에서 십여 분을 걸어야 하는 재래시장을 한 바퀴 돌고는 편의점에 들렀다가 나왔던 그곳으로 되돌아갔다.

영감의 하루 일과를 알게 되자, 나는 같은 장소, 같은 시각에 종종 영감을 보게 됐다. 나도 모르게 영감의 뒤를 밟았고, 영감은 그 사실을 아는지 모르는지 관심도 없어 보였다.

하루는 교문 기둥에 숨어 규영을 기다리던 때처럼 편의점 모퉁이에 숨어 영감이 나오기를 기다렸다. 불쑥 나타나 영감의 앞길을 막아섰다.

"이봐, 영감. 오늘은 뭘 또 훔치셨나?"

나의 등장에 놀라거나 당황할 만도 했다. 아니, 그래야만 했다. 도둑질을 들켰으니 눈빛이라도 변해야 했다. 영감은 어디서 동네 개가 짖나 하는 식으로 나를 거들떠도 보지 않고 지나갔다.

그래서였을까? 섣부른 나의 오기가 발동한 것은.

나는 영감의 어깨에 손을 턱 올렸다.

"점퍼 안에 있는 거 나한테 넘기면 그냥 보내줄 수 있는데…."

내 협박에도 영감은 눈 하나 끔쩍하지 않고 태평했다.

"네깟 놈이 뭔데? 그냥 보내주네 마네야."

영감은 한심하다는 눈길로 나를 쳐다보며 말했다.

나는 순간 자존심이 상했다. 도둑질이나 하는 영감 주제에 말이다. 이대로 물러설 수는 없었다. 영감의 기세에 좀 눌리기는 했지만 나보다 키도 작고 한 대 후려치면 똑 부러질 것 같은 마른 몸이다.

내친김에 더 나가야 한다. 기싸움에서 밀리지 않으려면 더 세게, 더 강하게 나가야 한다.

"내가 이 두 눈으로 똑똑히 다 봤거든. 저기 편의점에서 물건 훔치는 거. 이번이 처음도 아니잖아."

"그래서?"

"그래서라니? 내가 신고만 하면 영감은 철창신세라고! 알아?"

"철창신세라? 그것 참 반가운 소리로군."

전혀 겁먹지 않았다. 영감의 목소리는 깃털처럼 부드럽고 날아갈 듯했으며, 표정은 내가 신고라도 해 주기를 바라는 듯했다.

영감은 나보다 단수가 높아서 내 예상대로 상황이 흘러가지 않았다.

자신의 범죄를 들켰다는데 어떻게 이렇듯 뻔뻔할 수가 있지?

나는 영감이 진짜 미친 것인지도 모른다고 생각했다. 말은 곧 터져 나왔다.

"미친 영감탱이!"

영감이 나를 향해 웃었다. 비위가 상한 나는 어떻게든 영감의 콧대를 콱 눌러줘야만 속이 시원할 듯했다.

그리고 다음날, 영감이 편의점 앞에 나타났을 때, 나는 공중전화 앞에 있었다. 날 무시한 대가가 어떤 것인지 치르게 해 줄 것이다.

나는 편의점으로 전화를 걸어 대뜸 말했다.

"도둑 잡고 싶죠?"

전화는 사장이 받았다. 누구냐고 물었지만 나는 우연히 그 장면을 목격했을 뿐이고, 한두 번도 아닌 것 같아서 알려주는 것뿐이라고 둘러댔다.

영감의 차림새만큼은 상세하게 전했다.

"마른 나뭇잎 색 점퍼에 청바지를 입었고요. 체구도 그리 크지 않아요. 영문 이니셜이 박힌 남색 야구 모자를 썼어요."

나는 편의점으로 향하는 영감을 보며 말했다. 내가 설명한 차림새의 영감이 편의점에 들어서자, 사장은 서둘러 전화를 끊었다.

상황이 흥미진진하게 돌아갔다. 편의점 안의 풍경은 길 건너편에 있는 내게도 어렴풋이 보였다. 영감이 움직일 때마다 사장의 고개가 따라서 움직였다. 그리고 사장은 매대의 물건을 점퍼 안에 숨겨 나가는 영감을 붙잡았다.

영감은 무슨 일이냐는 얼굴로 쳐다봤고, 사장은 영감의 점퍼를 툭 건드렸다. 점퍼 밑단으로 일회용 면도기, 양말, 박카스, 초코파이 등등의 물건이 우르르 쏟아졌다.

영감은 모르쇠로 먼 산만 바라보고 있었다.

아르바이트생이 사장의 지시에 따라 신고했다.

경찰차가 곧 도착했고, 영감은 경찰차에 태워졌다. 영감이 잡혀가는 것을 나는 처음부터 끝까지 지켜봤다. 그리고 경찰차에 탄 영감의 시선을 느꼈다. 그는 웃고 있었다. 내가 보이지 않을 때까지 내게서 시선을 떼지 않았고 웃는 인상도 계속이었다.

영감이 경찰에 잡혀갔으니 통쾌해야 했다.

그랬어야 했는데….

웃는 영감은 나를 자꾸만 찜찜하게 만들었다.

———

규영은 요리조리 나를 잘도 피해 다녔다. 내 말이면 꼼짝
못 하던 녀석이 따박따박 말 대답을 해댔으니 뒷감당이 안 되
기도 했을 것이다. 피하면 피할수록 나는 더 집요하게 따라붙
었고 녀석을 더욱 괴롭혔다.

그래도 결석은 하지 않던 녀석이다. 그런 규영이 오늘은 학
교에 나오지 않았다. 내가 모르는 사이에 전학이 이뤄졌는지
도 모를 일이다. 그런다고 내 손아귀에서 벗어날 수는 없을 것
이다. 녀석의 집은 물론이고 학원과 혼자 다니는 골목까지 훤
히 꿰고 있으니 말이다.

규영이 결석한 그날 오후, 나는 녀석에게 전화를 걸었다. 받
지 않았다.

'빨랑 튕겨져 나와라. 니 집으로 쳐들어가기 전에.'

문자를 대신 남겼지만 녀석의 답장은 없었다. 할 수 없다.
나는 수업이 끝나자마자 규영이 다닌다는 학원으로 갔다. 당
장에 쫓아 들어가 데리고 나올까 하다가 기다려주는 쪽을 택
했다. 그래야 잡음이 적을 테니까.

규영은 저녁 일곱 시가 되어서야 밖으로 나왔다.

나는 앞서가는 녀석의 뒤에 바짝 따라붙었다.

"전학 간 줄 알았잖아. 내 문자 봤지?"

"학원 수업 중이어서….'

"학교 수업보다 학원 수업이 더 중하냐? 암튼 네가 좀 바쁜 거 같아서 내가 왔다. 내가 뭘 어쨌다고 죽상이야? 웃어라 좀…. 가자."

"어디?"

"몰라 묻냐? 여기 보는 눈 많다."

나는 녀석의 어깨에 팔을 둘렀다. 빨리 안 가냐는 내 눈초리에 규영은 마지 못해 걸었다. 도망은 치지 못했다. '이번이 마지막'이라고 큰소리치고 내빼던 그날의 규영은 뭘 잘못 먹고 꼭지가 잠깐 돌았던 것이다. 나는 너그러운 마음으로 이해해주기로 했다.

녀석이 진짜 전학이라도 가게 되면 나만 손해다.

원룸텔의 막다른 골목 입구에 이른 나는 규영을 그 안으로 등 떠밀었다. 그러고는 규영의 옷 주머니를 뒤지며 말했다.

"앞으론 내 전화 꼭 받아라. 나오라고 하면 재깍재깍 튀어나오고. 안 그럼, 진짜 쳐들어간다."

"이러지 마."

"내가 뭘 어쨌다고?"

"이건 나쁜 짓이야."

"나쁜 짓?"

코웃음이 절로 나왔다. 내 손이 절로 올라갔고 규영을 칠 듯이 움직였다.

"자, 잠깐만….."

규영이 재게 신발을 벗어 들었다. 신발창 밑에 숨겨둔 만 원짜리 두 장을 꺼냈다.

언제부터 돈을 숨기는 꼼수를 생각해냈는지는 알 수 없었다. 잔머리는 잘 못 굴리는 녀석인데 말이다. 겁먹은 규영이 두 손으로 공손히 내밀었지만, 나는 눈살을 잔뜩 찌푸렸다.

"에이, 더러운 자식!"

나는 젓가락을 꺼냈다. 규영의 팔이 머리 위로 올라왔다. 거의 반사적인 행동이었다. 어서 못 치우냐고. 나는 사나운 눈으로 윽박질렀다.

"그거 아프단 말이야."

"아파야지, 그럼. 아프라고 때리는 건데."

내 기분이 젓가락에 잔뜩 실렸다. 팔로 감싼 녀석의 머리 대신 나는 녀석의 이마를 찍어 눌렀다. 치받은 화를 녀석의 이마에 박아 넣고 고개를 돌리던 그때다. 내 눈이 휘둥그레진 것도 그때였다.

대로변의 가로등 불빛이 우리가 있는 뒷골목을 어둑하게 비추고 있었고, 경찰에 잡혀갔던 영감이 내 눈길이 닿은 그곳에 있었다.

벌써 나온 거야?

그런 생각을 스치듯 하고 있는데, 영감이 나를 향해 걸어왔다.

신고했다고 해코지라도 할 참인가? 다 늙어빠진 힘없는 영감 주제에⋯.

"여기서 뭐해?"

영감은 평온하고 여전히 아무 것도 모른다는 말간 얼굴로 물었다.

내가 아무런 대꾸를 하지 않자, 고개를 옆으로 기울여 내 뒤편에 있는 규영을 쳐다보고는 "도와줄까?" 했다.

내 앞에서 "네"라고 말할 배짱이 규영에겐 없을 테지만 막다른 골목에 갇힌 것이나 다름없는 나는 적잖이 두려웠다. 영감이 무슨 짓을 할지 몰라서. 내게 규영이 대적질을 하도록 만든 것도 저 영감탱이가 아닐까, 싶은 생각이 새삼 다시 스쳐 갔다.

영감의 손이 주머니 속에 있었고 그 안에 칼을 숨겨두고 있을지도 모를 일이다.

겁먹어서는 안 된다. 나는 곧 죽어도 대차야 했다.

"영감이 끼어들 일 아니니까, 꺼지시지."

"나도 그러고 싶은데, 영 남 일 같지가 않아서 말이야."

영감은 규영을 보느라 기울였던 고개를 바로 세웠다.

"꺼지라고! 이 영감탱이야!"

"내가 촛불도 아니고, 어떻게 꺼져?"

"지금 나하고 말장난하잔 거야? 그럴 기분도 아니고, 나 지금 바쁘거든."

"나 개의치 말고 한수 학생 하려던 거, 마저 해, 그럼. 누구처럼 뒤에서 밀고하는 그런 짓은 안 할 테니까."

영감은 내 이름을 정확히 알고 있었다. 어떻게? 나는 잠시 당황했다. 교복 상의에 새겨져 있는 '김한수'는 관찰력만 있다면 모르는 것이 더 이상한 일이라는 것을 떠올리고서야 다시 침착했다.

"내가 신고한 거 아니거든."

말해 놓고서 나는 아차, 싶었다. 하지 말아야 할 말을 하고 말았다.

영감은 크게 신경 쓰지 않았다. 그래도 좋다는 빙그레한 얼굴로 흥정이라도 하듯 천연덕스럽게 물었다.

"저 학생을 어쩔 셈이지? 죽일 거면 내가 도와줄 수도 있는데…."

나의 뇌가 진공청소기 안으로 빨려 들어가는 기분이었다. 말로는 아니라지만 경찰에 신고한 내게 복수할 기회를 노리고 있는 것이다. 어두운 이 막다른 뒷골목에서 누구 하나가 죽게 된다면 말이다. 영감이 규영을 죽이든, 내가 영감을 죽이든 범인은 내가 될 것이다.

영감은 지금 그런 계산을 하고 있을지 모른다.

규영은 어깨에 둘러멨던 가방을 끌어당겨 가슴 쪽으로 방패처럼 둘렀다. 여차하면 도망이라도 칠 태세다.

"영감이야말로 죽고 싶어서 환장했지?"

나는 없는 배짱을 바닥까지 짜내 으름장을 놓았다.

골목의 조명을 등진 영감은 소리 없이 웃었고, 영감의 주름진 얼굴이 무섭게 패였다.

네깟 놈이 날 죽일 수나 있겠어?

영감은 딱 그런 표정으로 나를 뚫어져라 응시했다.

얼이 나간 나는 빠르게 정신을 챙겼다. 영감의 주머니 안에 있는 손이 움직이는 게 보였다. 커터 칼을 뽑는 소리가 드르륵, 하고 났던 것도 같다.

영감이 주머니 안에 있던 손을 꺼내던 찰나. 희미한 조명에도 칼날이 번득이며 살기를 드러냈다. 막다른 골목 안으로 영감이 들어설 때부터 조짐이 좋지 않았다.

드르륵!

칼 뽑는 소리가 내 귀를 뚫고 들어왔다. 영감은 소리와 함께 내게 달려들었다.

도망칠 곳도 없는 그곳에서 나는 위기감을 느꼈다. 있는 힘껏 젓가락을 손에 쥐었다. 영감이 발걸음을 떼고 달려들던 그때에 진검 승부를 펼치듯 나 또한 영감을 향해 달려들었다.

영감의 점퍼가 들린 허리춤의 맨살을 노렸다.

푸욱!

쇠 젓가락이 영감의 피부를 뚫고 배 안으로 들어갔다. 콜라에 빨대가 꽂히듯 영감의 배에 젓가락이 꽂혔다.

"으윽!"

외마디 비명을 내지른 영감이 허리를 반으로 접었다. 그 틈에 나는 도망쳤다. 규영이 그곳에 있었지만 그 녀석까지 생각해줄 겨를이 내겐 없었다.

나는 냅다 뛰었다. 멈추지 않고 달렸다.

안전핀이 뽑힌 수류탄 같은 마음을 부려놓을 곳을 찾지 못해 동동거리던 그때처럼 눈에 뵈는 것이 없었다. 미친놈처럼 "으아아악!" 소리를 내질렀다. 가슴에 쌓인 체증이 풀어지기는커녕 더 쌓이는 듯했다.

배에 구멍 좀 났다고 죽지는 않을 것이다. 그래도 재수가 없으면 말도 안 되는 일들이 일어난다는 것을 나는 안다.

모든 것은 영감의 실수다. 내 잘못이 아니다. 영감이 죽었대도 내가 살인죄로 감방에 가는 일은 없을 것이다.

정당방위.

그것이 인정되지 않는다고 해도 난 아직 미성년자다. 사회봉사명령을 받는 것으로 마무리될 일이다. 길어봤자 2백 시간을 넘지 못할 것이다. 그런 생각들을 하고 나니 불발된 수류탄처럼 종잡을 수 없던 마음이 차분해지기 시작했다.

나의 불금이 그렇게 지나가고 있었다. 내일은 늦게까지 잘 것이다. 누구도 날 깨울 생각은 하지 않을 것이다. 그 전에 내가 먼저 해결해야 될 일이 하나 있었다.

경찰에 신고라도 했으면 어쩌지?

119에 연락이라도 했다면 다 끝난 일이다. 영감이 죽었대도 별 것 없다고 대수롭게 않게 굴던 나는 또 금방 초조해져서 규영에게 전화를 걸었다.

받지 않는다.

"젠장!"

나는 통화 버튼을 다시 눌렀다. 네 번의 벨이 울리고 나서야 규영이 전화를 받았다. 나는 어디냐고 대뜸 물었다. 아직도 골목에 있는지 확인해야 했다.

내가 도망친 후에 규영은 자신도 그곳을 나왔다고 했다. 그곳에 그대로 있다가는 내가 한 짓을 그대로 뒤집어쓰게 될지도 모를 일이다. 그런 상황에서 녀석 또한 도망쳤을 것이다.

나는 규영의 말을 믿기로 했다.

"우리, 오늘 거기 없었던 거다. 대답 안 해?"

묵묵히 있던 규영이 뒤늦게 "응" 대답했다. 녀석의 태도가 못내 찜찜했지만 나는 정신도 육체도 이미 피로했다.

오늘 있었던 일에 대해 아무 것도 모르는 것으로, 원룸텔 뒷골목에는 가지도 않은 것으로 나는 녀석과 입을 맞췄다.

좀도둑 영감의 말을 믿어줄 사람은 없을 것이다.

———⟨———

햇살이 내 방 깊숙한 곳까지 들이쳤다. 침대의 불협화음을 느끼지 못할 정도로 나는 푹 잤다. 간밤에 그런 일을 저질러

놓고 단잠을 자다니 쓴웃음이 나왔지만 기분은 좋았다.

열 시가 좀 넘었을 것이다. 여느 날 같으면 동생 기수의 목소리가 들려왔을 테지만 웬일로 소리가 없다. 어젯밤 집에 들어왔을 때처럼 잠잠했다. 늦은 시간까지 나의 귀가를 기다리며 깨어있을 사람은 없었기에 그러려니 했다.

그러나 아침은 달라야 했다. 나야 먹지 않겠지만 아침 식탁을 차리는 새엄마의 움직임이 느껴져야 정상이다. 그게 아니면 동생 기수의 말소리라도 들려야 했다.

조용해도 너무 조용했다. 나는 불길한 기운에 거실로 나왔다. 아무도 보이지 않는다.

다들 아직 자나?

나는 동생의 빈 방을 확인하고 안방으로 갔다. 역시나 텅비었다.

"어딜 가면 간다는 말이라도 해야지."

험한 말이 튀어나왔지만 언제부터 또 그렇게 다정했다고, 나는 이내 체념했다.

> 한수야, 우리 외할머니 댁에서 자고 올 거야.
> 전기밥솥에 밥 있고, 냉장고에 불고기 해놨으니 전자레인지에 덥혀 먹어.

새엄마의 메모는 냉장고 문에 붙어있었다. 집은 어젯밤부터 비어있었다.

이 집에 나 혼자구나.

갑자기 외로웠다. 연민에 빠질 새도 없이 배꼽시계가 울어
댄다.

나는 냉장고 손잡이를 잡았고, 그 순간 뜨악했다. 말라비틀
어진 피다. 영감의 배를 찌른 그 순간에 묻어 나온 피일 것이
다. 당황한 나는 주방 개수대에 대고 피 묻은 손을 씻었다.

더는 평온한 아침이 되지 못했다. 나는 방으로 가 휴대폰으
로 인터넷에 접속했다. 원룸텔 인근에서 시체가 발견됐다거나
폭행을 당했다는 기사가 올라왔나 확인했다. 그 정도로 죽지
는 않았을 테지만 또 모를 일이다.

젓가락 공격을 당했다는 기사는 다행히도 없었다.

사람이 다니지 않는 뒷골목이다. 규영이 신고하지 않았다
면, 그곳에 아직 영감이 있을지도 모를 일이다. 한뎃잠을 자기
에 3월은 춥다.

나는 부랴부랴 옷을 챙겨 입었다.

간밤의 사건이 있던 뒷골목 인근을 배회했다. 사람들의 눈
을 의식한 나는 사건 현장으로 선뜻 들어서지 못했다. 판자와
폐 가구가 골목의 일부를 가로막고 있어서 골목 밖에서는 확
인이 어려웠다.

나는 골목 입구를 가로로 오가며 사람들을 관망했다. 그러
다 경찰이 나타나는 바람에 나도 모르게 골목 안으로 숨고 말

왔다.

시체는 보이지 않았다. 괜한 걱정을 했다.

그러나 골목 앞에 있는 경찰이 이미 누군가의 신고를 받았다면 말이다. 영감이 병원으로 실려 가고 경찰이 현장을 조사하기 위해 온 것이라면?

나는 버려진 가구 뒤로 몸을 바짝 숨겼다. 뒷골목 입구에 서서 갈 생각을 하지 않는 경찰에 나는 괜히 왔다 싶었다.

경찰이 내가 숨어있는 골목 안까지 들어온다면, 그땐 뭐라고 하지? 고양이를 쫓아 들어왔다고 둘러대야 할까. 아닌 게 아니라 길고양이들이 종종 그곳에 있기는 했다. 초조한 마음에도 나는 변명거리를 찾아 바쁘게 머리를 굴렸다.

그리고 경찰은 떠났다. 내가 있는 곳을 무심히 지나쳤다. 나는 안도의 숨을 후우, 내쉬고 잽싸게 빠져나왔다. 도둑이 제 발 저리듯 나는 무심한 사람들의 눈치를 자꾸만 봤다.

"김한수! 너 자꾸 이럴래? 신고했으면 뭐? 죽었으면 뭐? 뭐 어쩔 건데?"

나는 나 자신한테 따지고 대들었다.

편의점에 들어선 나를 아르바이트생이 빠르게 훑어 내렸다. 나와 마주치지 않은 비밀스러운 눈초리였지만, 예민해진 나는 대번에 알아챘다. 그러거나 말거나 왕뚜껑 세 개를 사고, 앉은 자리에서 단숨에 비워냈다.

배가 두둑해지자 배짱도 두둑해졌다. 나는 영감이 있는 원룸텔로 한번 찾아가 볼까 싶은 생각이 들었다. 이내 고개를 저었다. 영감이 있는 호실을 안다면 모를까 여기저기 기웃거리고 다니는 건 모양 빠지는 일이다.

영감이 모습을 드러내지 않은지 며칠 째다. 하루도 빠지지 않고 다니던 재래시장은 물론 편의점에도 나타나지 않았다. 길에서 영감을 우연히 보게 되는 그런 일도 일어나지 않았다.

아쉬울 것은 없었다. 있다면 내 젓가락 한쪽이 없어졌다는 것과 사건 현장에 같이 있었던 규영이 예전 같지 않게 변했다는 것이다.

분식집 앞에서 만난 규영은 의기양양했다.

"너 지금 뭐라 그랬냐? 너랑 내가 뭐?"

"운명공동체!"

"웃기는 새끼네."

나는 헛웃음을 지었지만, 규영은 진지했다.

"나 아니었으면, 너 지금 감방에 있을 걸? 내 덕분에 살인미수 범죄자가 될 뻔한 것을 면한 거지."

나의 코브라 이빨 같은 손가락에도 규영은 위협을 느끼기는커녕 웃음을 머금었다. 내가 영감의 배에 젓가락을 찔러 넣고 도망친 후에도 규영은 그곳에 그대로 남아있었다.

내 뒤를 따라 나왔다고 했지만 그것은 거짓말이었다.

"증거 있어?"

"증거? 그 할아버지가 증인이지. 피해자이기도 하고. 할아버지가 널 신고하지 않은 건 다 내 덕분이거든. 내가 그날 할아버지를 원룸텔까지 모셔다 드렸거든."

"진짜야?"

"응. 내 다리를 붙잡고 도와달라고 어찌나 간곡하게 말씀을 하시던지. 119를 불러주겠다고 했는데 그건 또 싫다고 하시더라고."

그날의 규영은 영감을 부축해 숙소로 데려갔다. 추측하건데 내가 전화를 걸었을 때 녀석은 영감과 같이 있었다.

내 손등엔 꽤 많은 피가 묻어있었다. 젓가락이 영감의 장기를 건드렸다면 병원으로 가야 했다. 숙소로 데려다 달라고 한 걸 보면 견딜만했던 모양이다. 그래도 그런 일을 당하면 병원에 가는 것이 먼저 아닌가.

병원비가 없어서라고 하기에도 선뜻 이해는 되지 않았다. 남의 물건도 훔치는 영감이 치료비쯤이야 얼마든지 떼먹고 도망칠 수 있는 일 아닌가 말이다.

"네가 쑤셔 넣은 젓가락을 내가 빼주겠다고 했는데 그것도 괜찮다더라고. 됐다면서 그냥 가라지 뭐야. 고맙다는 말은 또 얼마나 많이 하는지, 내가 다 민망할 정도였어. 너 대신 사과했지 뭐야."

"나 대신이라고?"

"응."

나는 규영의 말을 그대로 믿지 않았다. 영감과 함께 규영이 나에 관한 어떤 모략을 세웠을지 알 수 없다. 영감의 상태를 내 눈으로 확인하고 싶었다.

"영감 있는 데를 안다니 앞장서."

"지금? 왜에? 싫어. 할아버지를 죽이겠다고 또 달려들면 어떡해?"

"그 입, 못 닥쳐!"

학생들이 우리의 곁을 지나가고 있었기에, 나는 규영이 입을 더 놀리지 못하도록 해야 했다. 눈에 쌍심지를 켰지만, 녀석은 영감의 배에 내가 어떻게 젓가락을 찔러 넣었는지 목소리를 키웠다.

분식집 앞을 지나는 학생들이 나를 힐끔거리며 지나갔다. 규영은 목소리를 낮출 생각이 없는 듯했고, 그들의 시선에 쫓긴 나는 할 수 없이 자리를 떴다.

내 뜻대로 되지는 않았다.

규영이 발길을 돌리려는 내 어깨를 붙잡았다.

"치워라!"

손을 뗀 규영이 이번엔 내 앞길을 턱 하니 가로막고 섰다. 그러고는 손을 내밀었다.

"햄버거가 먹고 싶은데 돈이 없어서…, 좀 빌려주라."

"이게 아주 간땡이가 부었네."

"우리 친구잖아. 내가 누구처럼 삥을 뜯겠다는 것도 아니고, 갚겠다는데 빌려줄 수 있잖아."

규영은 능글맞게도 웃었다. 악마에게 영혼이라도 판 녀석처럼 당당했다.

나는 화가 치밀었지만 참아야 했다. 안 그러면 또 그날밤의 일을 길거리에서 큰소리로 떠들어댈 테니까. 이대로 가만 뒀다간 무슨 일을 벌일지 모를 녀석이다. 무엇보다 깐죽대는 녀석을 그냥 봐 넘기기 힘들었다.

나는 빅 불고기 버거 세트를 사겠노라고 했다.

"니가 진짜 산다고?"

"그래 진짜. 한 시간 뒤에. 돈을 집에 두고 와서 말이야."

"나도 학원 갈 시간이긴 해."

"끝나고 이따 보자."

나는 뒷걸음질로 규영과 멀어졌다.

한쪽의 젓가락이 주머니 안에 있었다. 나는 주택가 담벼락에 대고 젓가락 끝을 갈았다.

특별한 계획이 있어서는 아니었다. 뭉툭한 젓가락의 위력을 봤으니 겁을 좀 먹기는 하겠지.. 날카롭다면 녀석을 제압하는데 조금은 더 용이하지 않을까. 그런 생각을 잠시 했을 뿐이다.

질풍노도도 아니 지랄발광이 휩쓸고 간 원룸텔 뒷골목. 나는 녀석보다 먼저 와 있었다.

학원 수업을 마친 규영은 콧노래를 부르며 나타났다. 내가 제 손아귀에 있다고 여기는 모양이다. 천만에 만만에다.

규영과 마주한 나는 그날의 사건 현장으로 녀석을 몰아넣었다.

"범인은 사건 현장에 반드시 다시 나타난다는 말도 몰라. 여기 있는 건 치명적이라고."

녀석은 며칠 사이 탐정이라도 된 듯이 굴었다.

"누구한테 치명적인데?"

"누구긴 한수 너한테지, 나한테겠어?"

"됐고! 내가 할 얘기가 있거든."

"햄버거 먹으면서 해도 되잖아."

나는 불시에 녀석을 벽으로 밀어붙였다.

"내가 사람을 죽일 뻔했다고 사람들 많은 데서 또 떠들게? 너 하나쯤 죽여도 감방 안 가. 왜 그런지 알려줘?"

"아직 미성년자라는 거겠지. 나도 그쯤은 알아."

규영은 침착했다. 내 험악한 인상에도 전혀 무서워하지 않았다. 녀석은 나를 똑바로 응시했고, 해볼 테면 해보란 식이었다.

"진짜 겁대가리를 상실했네."

"네가 이런다고 아무 것도 달라지지 않아. 내 용돈? 아님, 내가 바보 등신처럼 구는 거? 이렇게 해서 네가 얻는 게 뭔데?"

"뭐?"

호되게 뒤통수를 얻어맞은 것처럼 나는 머리가 띵해서 말을 잇지 못했다.

"그 할아버지가 그러더라. 넌 이미 종친 인생이라고. 그러니까 너한테 기죽을 것도 없고, 끌려 다니지도 말라고."

나는 부릅뜬 눈으로 녀석의 멱살을 움켜쥐었다. 담벼락에 갈린 뾰족한 젓가락을 녀석의 눈앞에 들이댔다. 녀석은 그제야 잔뜩 겁먹는 눈초리가 됐다.

진즉에 그래야 했다. 그래야 내가 아는 이규영이다. 내 앞에서 꼼짝 못 하는 그 이규영.

내 입꼬리가 한쪽으로 삐뚤게 올라갔다. 마음만 먹으면 너 같은 놈은 한주먹거리도 아니라고 매서운 눈빛과 악랄한 인상으로 엄포했다.

"좋아. 아~주 좋아!"

영감이 나타날 줄은 몰랐다. 죽었던 영감이 되살아온 것만큼이나 나는 당황했다. 으슥한 골목으로 소름 끼치는 영감의 목소리가 달려들었다.

"이래 봬도 사람 보는 눈 하나는 내가 아직 정확하지."

"영감탱이랑은 볼일 없으니까, 꺼져! 안 꺼져?"

"음…. 네가 그렇게 재촉하지 않아도 난 곧 꺼질 거야. 그 전에 한마디만 해도 될까? 전에도 말했지만 널 보면 영 남 같지 가 않아서 말이야."

영감은 꺼질 생각도 없고, 그렇다고 나를 말릴 생각도 없는 듯했다. 구경꾼처럼 나와 규영을 번갈아가며 빤히 들여다봤 다. 그러고는 누가 묻지도 않고, 시키지도 않은 말들을 줄줄이 했다.

"좀도둑이 하는 얘기를 누가 듣고 싶어 한다고 여기 와서 떠들고 지랄이야."

나는 눈을 동그랗게 뜨고 영감을 잡아먹을 듯이 노려봤지 만, 영감은 개의치 않았다.

"판사도 널 크게 벌하진 않을테지. 친구들을 괴롭히고 남 의 물건을 훔치고 담임한테 불려 가고 그러다 경찰서를 드나 들고…. 촉법소년이라 그래도 교도소는 면하겠지. 근데 말이 야. 성인이 되어 네가 어른이 되면 지금의 네가 달라질까? 아 니. 장담하건대, 넌 안 달라져. 못 달라져. 너 같은 녀석을 내가 좀 알지. 그것도 아주 잘 알지. 다른 학생들처럼 평범한 인생 을 살기는 애초에 그른 녀석이지."

"닥쳐!"

나는 발끈했다. 죽지 않을 만큼 패주고 싶었다. 아니, 죽는 다고 해도 상관없었다. 그러나 내 속까지 훤히 꿰뚫어 보고 있 는 듯한 영감의 눈빛에 기가 눌렸다.

영감은 닥치라는 내 말을 가볍게 무시했다.

"그래서 부탁하는 건데 말이야. 나 좀 죽여줘!"

나는 막혔던 숨이 헉, 터져 나왔다. 죽여 달라고? 영감은 투명한 어항처럼 내 속을 들여다보고 있었다. 영감의 목적은 처음부터 그거였나? 나는 살짝 겁이 나기 시작했다. 아니, 아주 많이 무서웠다.

"뒈지고 싶으면 목이라도 매든가. 왜 나한테 와서 지랄인데?"

"실은 그러려고 했어. 그날도 목을 맸어. 한수 학생이 규영일 죽도록 패던 그날…."

나는 얼이 나갔다. 영감은 나에 대해 정말로 모르는 것이 없는 듯했다. 규영을 상대로 내 기분풀이를 하던 장면들이 뇌리를 스쳐갔고, 영감의 입은 쉬지 않고 달싹거렸다.

"다 늙어서 새로운 환경에 적응하며 산다는 게 쉽지가 않아. 교도소는 익숙하고 안락한데 말이야. 밖에 나와 보니 어떻게 살아야 될지 모르겠는거지. 사람들은 웃는데, 난 못 웃겠더라고…. 그렇다고 반겨줄 가족이 있는 것도 아니고, 내겐 교도소가 딱인데…. 그래도 젊을 땐 잘 살아보려고도 했지. 교도소 같은 덴 가지 않고, 그런데 말이야. 내가 쌓아온 것들이 나를 자꾸 교도소로 몰더라고…. 내 인생 절반 이상을 교도소에서 살았지. 내겐 집이나 다름없는 곳이 되어서 다시 돌아가려고 했는데, 죽을 때가 된 늙은이라고 봐주는 건지…. 내가 원하는 건 그게 아닌데 말이야."

나는 영감의 말을 귓등으로 들었다. 시끄럽고 짜증만 났다.

"누가 그딴 넋두리 듣고 싶댔냐고? 정 하고 싶으면 교회나 절에 가서 하든가!"

하지만 영감은 내 말을 귓등으로도 듣지 않았다. 나를 괴기스러운 얼굴로 노려보지도 않았다. 영감은 그곳에 나와 규영이 있다는 것조차 잊은 듯했다.

"교도소에서라면 도둑질도 안 하고 사람도 안 죽이고 아주 착하게 모범수로 잘 살 수 있지만 교도소 밖에서의 난 버려진 쓰레기만도 못해. 죽는 게 낫겠다 싶은 거지. 목을 맸는데 이번엔 줄이 또 말썽이네. 창문에서 뛰어내리면 되지 않을까. 그래서 창문 밑을 내려다봤는데, 거기도 날 방해하는 것이 있더라고…."

영감은 높이가 있는 원룸텔의 창문을 올려다봤다. 그러고는 다시 땅으로 시선을 옮겼다. 저 높이에서 떨어지면 죽지 않겠냐는 말을 고갯짓으로 하고 있었다. 아니, 자신의 눈에 뭐가 보였겠냐는 시선으로 나를 쳐다봤다.

"그래서 나보고 죽여 달란 거야?"

"지금, 누구 하나 죽이고 싶잖아. 그래야 분이 풀릴 테니까. 내 말이 틀려?"

"헉!"

나는 말문이 막히고 말았다.

"내 얘기를 다시 하자면 말이야. 사회초년생? 대학생? 아니, 난 교도소 초년생이 됐지. 고등학교 졸업장은 받지도 못한

채…. 내가 해온 짓들이 있으니까. 폭력과 강도는 애교 수준
이었고 점점 강력전과가 생겨났지. 교도소를 내 집처럼 들락
거리다가 살인미수로 장기수가 됐지. 모범수로 잘 지내고 있
었는데 말이야. 교도소를 벗어나기 위해 모범수가 된 게 아닌
데…."

나는 헛웃음이 절로 나왔다. 영감은 진짜 미쳤다. 어디 와서
약을 파냐고, 내가 그런 말에 속을 줄 아냐고 비웃었다.

하지만 나는 끝까지 비웃어주지 못했다. 나의 신고로 현장
에서 체포된 영감이 내 앞에 있었기에. 무엇보다 나를 경악스
럽게 만든 영감의 말은 따로 있었다.

내가 영감의 전철을 그대로 밟고 있다는.

"교도소가 집인 이런 내가 한심해 보이겠지만 지금 네 꼴을
좀 봐. 너라고 별 수 있을 것 같아? 결국 내 꼴이 되고 말걸?
사회가 언제까지 널 봐줄 거라고 생각해? 곧 더는 사회의 보
호를 받을 수 없는 네가 될 거다. 네가 좇고 있는 미래가 바로
나라고."

나는 닥치라고 악을 썼지만 영감은 그런 나 역시 다 이해한
다는 얼굴로 바라봤다.

"어디 한 번 더 지껄여봐."

가만두지 않을 것이다. 나는 규영을 위협하던 날 선 젓가락
을 영감 앞에 들이댔다.

"어서! 어서 나를 찔러!"

그 순간, 영감의 눈동자가 희열로 번득였다. 원하는 것을 손에 넣게 되었을 때의 그런 희열감이다.

영감은 자신을 죽이라고 나를 종용했다. 그럴수록 나는 겁이 났다. 굳어가는 나를 향해 영감은 입꼬리를 비틀고 소리 없이 웃었다.

나의 뇌가 블랙홀로 빨려 들어가고 있었다.

어쩌다가 저런 미친 영감과 이렇게 마주하게 됐을까?

나의 지난 시간들이 고속촬영의 영화처럼 내 눈앞을 스쳐 갔다.

나를 화나게 만들고 나를 이렇게 만든 건 그들이다. 나와 새엄마 사이에서 다른 말을 하는 아빠와 돈으로 내 배를 해결하려는 새엄마 그리고 나를 귀찮게 하는 동생 기수. 어디서부터 어긋나고 틀어졌는지 나는 모른다.

언제부터인가 나는 나 자신을 방치했다. 어디로 튈지 모르는 럭비공처럼 엿 같은 내 기분을 들여다볼 생각은 하지 않았다. 마구잡이로 분출만 하고 다녔다.

내 잘못이 아니다. 성찰은 하지 않았다.

영감의 말이 맞을지도 모르겠다. 빌어먹을 영감의 인생을 내가 팔로우하고 있다는 것 말이다. 나는 들고 있던 무기를, 나의 젓가락을 맥없이 놓쳤다.

"이제야 슬슬 현타가 오는 모양이군. 그렇다고 살기까지 놓쳐버리면 안 되지. 네가 날 죽이지 못하겠다면 내가 널 죽일 텐데…. 너도 나처럼 되는 건 싫을 테고, 이번에야말로 죽기 전엔 안 나오겠지. 널 죽이고 교도소에 갈 거야. 내 집으로 말이야. 하하하."

"…?"

내가 놓친 젓가락을 줍기 위해 영감이 허리를 굽혔다.

앞으로 벌어질 일들이 총알처럼 나의 뇌리를 스쳐갔다. 정신이 퍼뜩 났다. 나는 영감을 밀치고 바닥에 떨어진 내 젓가락을 다시 집어 들었다.

"이리 줘, 그거!"

영감이 내 젓가락을 뺏기 위해 달려든다. 나는 뺏기지 않기 위해 몸을 피했다. 하지만 금방이라도 누군가 하나는 어떻게 되고 말 것만 같은 위태로운 상황에서 규영이 끼어들었다.

영감과 내가 치열하게 대치하고 몸을 놀리던 그때에.

내가 젓가락을 칼처럼 휘두른 하필 그때에.

규영의 외마디 비명이 새 나오고, 붉은 피가 영감의 얼굴에 점점이 박혔다. 나는 휘둥그레진 눈을 하고 규영을 돌아봤다.

녀석은 자신의 목을 움켜쥐고 있었다. 녀석의 손가락 사이로 붉은 피가 뿜어져 나온다.

녀석의 피가 나를 향해 달려든다.

이게 아닌데….

이러려고 했던 것이 아닌데….

이런 장면을 기대했던 것이 진짜 아니었는데….

그 순간에도 나는 규영을 탓했다. 하던 대로 도망이나 칠 것이지 되지도 않게 말린다고 끼어들 게 뭐람. 내 젓가락과 내 얼굴이 녀석의 피로 물들었다.

그것 보라고. 자신의 말이 맞지 않느냐고.

나를 조롱하는 영감의 목소리가 내 등 뒤에서 들려왔다. 규영은 내 앞에서 어이없게도 죽어갔다.

내 손에 죽어보겠냐고….

그것은 진심이 아니었다. 그럼에도 평생 감방을 들락거려 그곳이 집이 되어버린 영감과 나의 미래가 자꾸 겹쳐져서 떨어질 기미가 보이지 않는다.
제기랄!

$t) \cdot \cos(\omega t) \, dt$

$) \cdot \sin(\omega t) \, dt$

$f(t)$

$\cos(\omega t) + b(\omega) \cdot \sin(\omega t)$

t

$c_n = \frac{1}{2L} \int\limits_{-L}^{L} f(t) \, e^{-i n}$

$\cos\left(n\frac{\pi}{L} t\right) dt$

$n\left(\frac{n\pi t}{L}\right) dt$

$\cos\left(\frac{n\pi t}{L}\right) + b_n \cdot \sin\left(\frac{n\pi t}{L}\right)$

$f(t) = \sum\limits_{n=-\infty}^{\infty} c_n \cdot e^{\frac{i n \pi t}{L}}$

$u(t) = \begin{cases} 1, & t > 0 \\ 0, & t < 0 \end{cases}$

$b \cdot g(t)] = a \cdot \hat{f}(\omega) + b \cdot \hat{g}(\omega), \quad a, b \in \mathbb{R}$

∞

$$a(\omega) = \frac{1}{\pi} \int_{-\infty}^{\infty} f(t) \cdot \cos(\omega t)\, dt$$

$$b(\omega) = \frac{1}{\pi} \int_{-\infty}^{\infty} f(t) \cdot \sin(\omega t)\, dt$$

$$C(\omega) = \int_{-\infty}^{\infty} f(t) \cdot e^{-i\omega t}\, dt$$

$$f(t) = \frac{1}{2\pi} \int_{-\infty}^{\infty} C(\omega) \cdot e^{j\omega t}\, d\omega$$

$\cos(at)$

F

F^{-1}

구토

장우석

　녀석은 지저분한 풀숲에 누워서 보란 듯이 일광욕을 하고 있었다. 머리 크기로 보아 암컷 같은데 확실치는 않았다. 어쨌건 또 하나의 친구가 생겼다. 고양이를 보고 있자니 여동생이 떠올랐다. 여동생은 고양이를 좋아했다. 고개를 드는 남우현의 눈에 이슬이 맺혔다. 어떤 후회는 평생을 가기도 한다. 아니 가야만 한다.

　"우리 감마의 천재께서 이 지저분한 쓰레기통 주변에 웬일이신가?"

　우현은 재빨리 눈을 깜박이며 표정을 풀었다.

　"어. 그냥…"

　백태민은 우현의 손을 바라보며 말했다.

"퍼즐 책이네? 그래 이번엔 또 우리를 얼마나 놀래키려고 그러셔?"

악의 없는 농담이었다.

"다른 책 반납하러 왔다가 그냥 가기가 뭐해서"

우현은 하얀색 커버의 책을 태민에게 건네주었다. 태민은 두 눈을 과장되게 뜬 채로 책 표지를 훑어보았다.

"마틴 가드너의 마지막 함정이라⋯."

수학동아리 부장인 태민에게도 낯설지 않은 이름이었다. 태민은 고개를 끄덕이며 책을 돌려주었다.

"뭐 나도 몇 개는 풀 수 있겠지? 하하"

교내 수학동아리 감마(Γ)는 수학을 좋아하고 또 잘하는 아이들만 모인 곳이라 분위기가 남달랐다. 학교 시험은 크게 관심이 없어도 수학만큼은 좋아하는 아이들이 많았다. 수학의 핵심은 논리다. 논리에 맞으면 모두 받아들이지만 어긋나면 결코 설득이 불가한 아이들이 모이는 곳이기도 했다. 요컨대 교사들이 생활지도 하기가 힘든 아이들이었다. 말썽쟁이는 혼내면 되지만 논리를 갖춘 문제아는 상대하기 어렵다. 본관에 설치된 교내 유일의 엘리베이터를 교사들이 이용하면서 학생들의 사용을 금지했지만 많은 학생이 교사들과 함께 타고 다녔다. 못 본 체하는 교사들도 있었지만 일부 교사들이 강하게 문제를 제기하면서 결국 생활안전부에서 규정을 만들어 공식적으로 학생들의 엘리베이터 사용을 금지했다. 사용하다가 들키면 학교 봉사 등 처벌을 받게 된 것이다. 학생들 사용이 눈에 띄게 줄어들었고 엘리베이터 앞에서 교사들이 고함치는 소리도 없어졌다. 하지만 일부 아이들은 여전히 엘리베이터를 탔다. 이 문제가 공론화되자 교사와 학생들의 논리 싸움장이 되었고, 결국 학교는 시간대를 제한해서 학생들의 엘리베이터 사용을 승인했다. 이 싸움의 중심에 태민이 있었다. 공부도 잘했지만 통솔력 있는 태민은 전학생 우현이 감마에 들어온 첫날부터 관심을 보여주었다. 강제로 이루어진 전학이었지만 우현은 태민을 통해 D고등학교에 안착할 수 있었다. 둘은 나란히 동아리방 쪽으로 발걸음을 옮겼다.

그날은 우현이 처음으로 상을 타온 날이었다. 교내 글짓기 대회에서 받은 상이었다. 사생대회는 지역신문사에서 소년신문 창간 기념으로 근처 학교와 공동 기획한 행사였다. 아버지와 어머니는 모처럼의 경사를 기뻐하며 쇠고기 전골 파티를 벌였다. 그 날 밤 여동생은 아프다며 자리에 누워버렸다. 감기인 줄 알았는데 며칠 동안 상태가 급속히 나빠졌고 눈두덩이에 푸른 웅덩이가 생겼다. 병원에서 확인해본 결과 급성 폐렴이었다. 여동생은 입원 후 예후가 급속히 나빠졌고 사흘 만에 세상을 떠났다. 다리에서 시작되어 오랜 기간에 걸쳐 상체로 전이되어 오던 소아마비가 폐렴을 악화시켰다고 했다. 우현이 중학교 3학년 때였다. 방문객들을 피해 병원 주변을 맴돌던 우현은 며칠이 지나서야 눈물을 흘릴 수 있었다. 여동생이 떠나고 얼마 후 어머니와 아버지는 각자의 삶을 선택했다. 우현은 어머니를 선택했다. 선택할 수밖에 없었다. 아버지가 친권을 포기했기 때문이다. 어머니는 자세한 이야기를 하지 않았지만 어린 우현도 직감으로 알고 있었다. 아버지에게는 오래된 연인이 있었다.

말을 걸어주고 함께 놀 수 있는 친구면 누구라도 좋았다. 우현은 함께 고등학교로 진학한 친구들 몇몇과 어울렸다. 함께 당구 치고 분식을 먹고 게임을 하고 찜질방에 갔다. 친구들과 함께 있으면 여동생에 대한 죄책감에서 벗어날 수 있었다. 고등학교 입학 후 한 학기가 지난 어느 날 밤, 우현은 친구들과 동네 슈퍼를 털었다. 잘못된 일이었지만 선택의 여지가 없었다. 슈퍼를 터는 일은 생각보다 쉬웠지만 잡히는 건 더 쉬웠다. 피해액이 미미했고 초범이며 무엇보다 반성한다는 이유로 소년원에 보내지지는 않았지만 학교의 징계는 피할 수 없었다. 한 달 동안 정학 처분이었다. 그나마 가담 정도가 약했던 우현에게 내려진 벌이었다. 정학은 별다른 게 아니었다. 등교 후 교실로 들어갈 수 없으며 도서관에서 일과를 보내고 매주 반성문을 제출하는 것. 친구 중 하나는 퇴학을 당했고 다른 녀석은 정학 중 싸움을 하다가 눈을 다쳐 입원하는 신세가 되었다. 결과적으로 도서관 정학이 우현에게 축복이 되었다.

소설책만 읽던 것이 지루해져 이런저런 책이 꽂혀 있는 서

가를 돌아보던 우현의 눈에 특이한 표지의 책이 하나 들어왔
다. 하얀색과 검은색이 서로를 품고 있는 표지 아래쪽에는 두
외국인 저자 이름이 입체적으로 그려져 있었다. 퍼즐 책이었
다. 별생각 없이 책을 빼 들고 이리저리 훑어보았다. 퍼즐 하
나가 눈에 들어왔다. 마음속이 따뜻해졌다. 지루한 시간을 함
께하기에 더없이 좋은 친구. 우현은 도서관 바닥에 앉아 노트
를 열었다. 한 시간이 더 지나서야 퍼즐을 해결할 수 있었다.
아래층에 있던 무심한 사서교사가 문을 잠그고 퇴근하는 바람
에 1.5층의 창문을 통해 뛰어내려야 했다.

우현은 수학을 좋아했지만 마음잡고 공부를 한 적이 없었
다. 수학이나 예술 계통의 천재는 어릴 적부터 재능이 나타난
다고 하지만 사람의 재능 또한 조건과 결부되어 있어서 나타
나는 방식 또한 제각각이다. 우현에게는 퍼즐과의 만남이 그
조건이었다. 몸속 깊은 곳에 갇혀서 나갈 기회만 엿보고 있던
재능의 씨앗이 퍼즐이라는 빨대를 통해 스프링처럼 밖으로 튕
겨 나온 것이다. 가드너와 듀드니가 만든 퍼즐을 정복할 때까
지 걸린 시간은 한 달이었다. 우현은 자신이 풀어낸 문제의 수
준에 대한 자각이 없었다. 아니 자신의 능력이 어떤 수준인지
몰랐다는 편이 더 정확한 표현이다. 노트에 해법을 기록해놓
지도 않았다. 매일 퍼즐을 풀어낸 이유는 오로지 퍼즐과 씨름
하는 동안은 다른 생각이 들어오지 않았기 때문이다. 논리가
가진 힘을 어렴풋이 느낄 때 즈음, 정학 기간이 끝났고 예상대

로 강전(강제 전학)이 우현을 기다리고 있었다. 교육청에서 제시한 곳은 두 군데였고 엄마는 D고교를 선택했다.

화사한 옷차림의 담임은 전학 첫날 우현이 동아리 조직표에서 수학동아리를 선택하자 어색한 웃음을 지었다.

황인식은 가져온 책을 탁자에 내려놓았다.

"오늘은 개학 첫날이니까 가벼운 문제 하나 나눠볼까? 혹시 누구 생각해본 문제 있니?"

"미적분과 관련되어야 하나요?"

정소라의 눈이 반짝였다.

"정규분포 곡선 찾기는 어떨까요? 종모양은 추측이 되는데 왜 지수함수 형태가 되는지 좀 궁금했거든요."

누군가 휘파람을 불었다. 인식은 눈을 크게 뜨며 놀란 표정을 지었다.

"소라가 아주 멋진 문제를 제기했구나. 아직은 부대 지식이 필요한 문제니까 통계 진도 모두 나간 후에 한 번 다루자"

소라가 떨떠름한 표정으로 물러서자 안유진이 손을 들었다.

"저… 선생님. 합성함수의 미분법 공식 말이죠. 교과서의 증명은 형식적이라서 받아들이기 어려워요. 합성함수의 미분법에 대한 새로운 증명 찾기는 어떨까요? 좀 더 직관적인…"

몇몇 학생들이 고개를 끄덕였다. 인식은 손가락을 세웠다.

"다들 찬성하는 분위긴데 어때?"

제안이 끝나기 무섭게 학생들은 노트를 꺼내 수식을 쓰기 시작했다. 인식의 얼굴에 웃음이 번졌다. 열심히 샤프를 굴리던 감마의 구성원들은 문제가 생각보다 쉽지 않다는 것을 슬슬 깨달아가고 있었다. 여기저기서 한숨 소리가 나왔다. 정작 문제를 제기한 유진도 답답하다는 표정으로 복잡한 수식을 끌어안고 있었다. 25분이 지났다. 인식은 책을 덮고 일어섰다. 아이들은 모두 진지한 얼굴로 노트에 써놓은 복잡한 대수식을 노려보고 있었다. 개중에 약간 독특한 전개도 보였지만 펼쳐 나가는 힘에 한계가 있었다.

보드에서 가까운 자리에 앉은 소라부터 발표를 시작했다. 증명에 실패했다는 생각 때문인지 목소리에 힘이 없었다. 다음은 부장인 태민이었다. 새로운 증명을 찾아내는 데는 실패했지만 미분계수의 성질을 비틀어 이용하려 한 부분에서 극한에 대한 독창적 해석을 보여주어 친구들의 박수를 받았다. 태민은 들어가며 유진을 힐끗 보았다. 유진은 우현 쪽을 바라보고 있었다. 뒤이은 발표부터는 모두 교과서 증명에 대한 비판적 분석이었으며 내용도 대동소이했다. 마지막으로 나온 우현은 화이트보드에 직사각형을 그려 내부를 네 부분으로 나눈 다음, 아래쪽에 등식을 하나 제시했다. 무심히 지켜보던 유진이 놀란 표정을 지었다.

"설명해 줄래?"

인식의 요청에 우현은 머뭇거리며 두 함수의 함숫값을 직사각형의 변의 길이로 나타낸 다음, 합성함수의 미분법 공식이 유도되는 과정을 직관적으로 설명했다. 핵심 아이디어는 직사각형을 분해해서 다시 합쳐도 넓이가 불변한다는 점에 있었다. 단순한 원리였다.

"함숫값이 양수가 되어야 하는데…"

소라가 입을 반쯤 벌린 채 말했다. 우현의 아이디어에 놀란 눈치였다. 우현은 잠깐 머뭇거리다가 입을 열었다.

"실선과 점선으로 구분해서 증명할 수 있어. 그러니까…"

"아! 음의 길이를 점선으로 나타내면 되는구나."

선우민의 말에 여기저기서 탄성이 흘러나왔다. 유진의 목소리가 높아졌다.

"방금 해봤는데 이 직사각형 아이디어를 사용하면 역함수의 미분 공식을 훨씬 간단하게 유도할 수 있어."

놀라운 발상인데 더 놀라운 것은 지극히 단순한 발상이라는 점이다. 태민은 우현을 뚫어지게 바라보는 유진을 쳐다보았다.

"센터에 다니지 않았다고?"

유진은 고개를 갸우뚱하며 우현을 쳐다보았다. 해가 완전히 져 어두워진 교정에는 유진이 끌고 가는 자전거 불빛만이 반짝였다.

"응. 대신에 이전 학교에서 친구가 올림피아드 책을 소개해

줘서 그것도 보고… 뭐 퍼즐 책도 봤어."

"퍼즐 책?"

"응. 두 사람이 쓴 건데 둘 다 외국인이야."

퍼즐이라. 자전거를 끌고 가는 유진의 발걸음이 느려졌다. 생각해보면 그 끔찍한 영재학원을 다니지 않았다면 지금보다는 여유 있게 수학 문제를 대할 수 있을 것이다. 유진은 극성스러운 엄마 때문에 초등학교 때부터 와이즈 교육을 표방한 학원의 영재 교육반에 들어갔다. 학원 프로그램은 별거 없었다. 말이 영재수학반이지 그 내용은 중고등학교 교육과정의 선행학습이었다. 학원을 몇 달 다닌 후 초 6생은 대부분 미적분 문제들을 풀어낼 수 있는 '영재'로 변신할 수 있었다. 유진은 행동력이 있는 아이였다. 두 번의 가출이 통하지 않자 6학년 2학기 시험의 전 과목을 빵점 받는 방법을 택했는데 백지를 낸 게 아니라 일부러 답을 피해 가는 방법으로 답안지를 꽉 채워 제출했다. 학교에서 집으로 전화가 갔고 결국 어릴 때부터 영특하다고 소문난 딸이 바보가 되었다는 소문에 대한 두려움이 자존심 강한 어머니를 굴복시켰다. 유진은 중학교에 진학하면서 학원을 그만둘 수 있었다.

"그 두 사람이 혹시 마틴 가드너와 헨리 듀드니야?"

우현은 놀란 얼굴로 유진을 쳐다보았다.

"그래. 그런 이름이었어. 그걸 어떻게…"

유진은 자전거를 세운 후 스마트폰을 꺼내 몇 번 구글링 하더니 액정 화면을 보여주었다.

"이 책이지? 두 사람이 같이 쓴 게 아니라 두 사람이 각자 만들었던 퍼즐을 출판사에서 묶어서 출판한 거야."

우현을 수학의 세계로 안내했던 빨대가 액정 화면에 보였다.

"그랬구나. 맞아. 너도 이 책 봤니?"

"당연하지. 퍼즐에 관심 있는 사람은 다 아는 유명한 책이니까. 혹시"

정문 앞이었다. 유진은 육중한 철문 옆으로 난 좁은 통로로 자전거를 가져가며 말했다.

"그 책에 있는 퍼즐 중에 궁금한 게 하나 있었는데 괜찮으면 언제 시간 좀 내줄래?"

"어. 그래."

어이없을 만큼 빠른 대답에 유진은 웃음을 터뜨렸다. 처음 보면 누구든지 빠져들 듯한 환한 미소. 어둠 속에서도 빛나는 피부와 긴 생머리. 우현은 어색한 표정으로 자전거에 기댄 채 엉거주춤 서 있었다. 곧 녀석이 들어올 것이다.

"오늘 고마웠어. 갈게."

지하철 입구 쪽으로 멀어져 가는 유진의 자전거를 보며 우현은 운동장 쪽으로 다시 발걸음을 돌렸다.

스탠드는 어두웠다. 아니 깜깜했다. 그 점이 오히려 좋았다. 우현이 손을 내밀자 옆에 서 있던 아이가 돈을 집어갔다.

"이게 다야?"

가라앉아 있으면서도 어딘지 모르게 신경질적인 목소리였다. 우현은 고개를 끄덕였다.

"지난번에…"

눈앞에서 뭐가 번쩍이는가 싶더니 우현은 그대로 폭 고꾸라졌다. 정신을 차려보니 스탠드에 기댄 채, 바닥에 주저앉아 있었다. 오른쪽 뺨이 얼얼했다. 최무영이 저 멀리서 왼쪽 손목을 빙빙 돌리고 있었다. 눈은 이미 어둠에 적응했다.

"지난번은 지난번이고. 지금은 지금이고."

우현은 천천히 일어섰다. 집에 갈 차비는 남겨야 한다.

"지금 가지고 있는 전부야."

남은 돈까지 모두 털어낸 무영은 뭔가를 생각하는 듯했다. 우현이 편의점에서 알바를 한다는 사실을 안다면 이 정도 돈으로 끝나지는 않을 것이다. 축지법이라는 별명처럼 무영의 빠른 스텝은 공포의 대명사였다. 우현은 낮은 스탠드 벽에 다리가 걸리며 뒤로 넘어졌다.

"너 말이야."

무영은 우현의 귀에 대고 조용히 말했다.

"우리 학교 셀럽이신데 용돈 좀 나눠 쓰는 게 뭐 문제 있어?"

무영의 거친 손가락이 우현의 볼을 가볍게 툭툭 건드렸다. 아까 맞은 자리가 쓰라렸다.

유진은 자전거 앞바퀴를 고정대에 고정한 다음, 백여 미터 앞에 있는 정류장 쪽으로 걸어갔다. 통행량이 많지 않아 어둡고 을씨년스러운 길. 고정대 위치가 마음에 들지 않지만 뭐 어쩔 수 없다. 정류장 표지판과 함께 아는 얼굴이 보였다.

"안녕?"

"아… 안녕."

태민은 고개를 돌려 유진 쪽을 바라보았다. 유진은 정류장 박스 안쪽으로 들어갔다.

"여기서 버스 타?"

"어… 아니. 약속이 있어서."

태민이 책을 가방에 넣을 때, 유진은 버스 시간표를 확인했다. 7분 후 도착. 유진은 고개를 끄덕이며 태민 옆에 앉았다.

"설마 공부 못하는 아이들 개인 교습해주는 약속은 아니겠지?"

3학년 선배 하나가 다른 학교 1학년 학생을 과외하고 용돈 벌다가 걸려서 문제가 된 적이 있었다. 하지만 태민이 부잣집 도련님이란 건 동아리 아이들, 아니 학교의 웬만한 아이들은 다 아는 사실이었다. 태민은 기꺼이 무료 학습지도를 해줄 것이다. 태민이라면.

태민은 웃으며 말했다.

"내가 누구 가르쳐 줄 정도의 실력은 안 되잖아."

"뭔 소리래. 천하의 감마 부장님이."

유진은 미소를 지으며 고개를 들어 시간표를 다시 확인했다.

"그나저나 유진아. 이제 학교에서 나온 거야?"

"응? 어."

"동아리 부실에 또 누구 있었니?"

하교 후에도 동아리 관리? 하여튼 못 말리는 부장이다.

"아니. 나올 때, 아무도 없었는데?"

"혼자 나왔어?"

"우현이하고 같이 나왔어. 민이와 소라는 먼저 나갔고. 그래. 나올 때, 아무도 없었어."

태민은 부드럽게 웃으며 고개를 끄덕였다. 슬슬 자리에서 일어날 시간이었다. 그런데 태민이는 몇 번을 타고 가지?

"그랬구나. 오케이. 그건 그렇고. 이번 금요일 동아리 밤 말이야. 유진이 너가 기획을 좀 맡아주면 좋겠는데…"

"기획?"

고양이가 집으로 기어들듯 7734번 버스가 정류장으로 엉금엉금 들어오고 있었다. 유진은 나무 의자에서 백팩을 고쳐 맸다.

"내일 다시 이야기해. 잘 들어가고."

"어. 응. 그래."

태민은 환하게 웃으며 유진에게 손을 흔들었다.

유진은 버스 좌석에 앉으며 생각했다. 동아리 밤 이야기는 학교에서 해도 될 텐데 굳이…. 어쨌건 나더러 마음대로 준비하라는 건가? 지난번 수학 독서대회는 폭망했다. 민이와 소라 아이디어였지만 나도 책임이 있다. 뭐 우현이가 가입하기 전이었으니까. 그나저나 우현은 정말 대단하다. 듀드니의 그 퍼즐을 풀었다는 게 믿어지지 않는다. 해법이 정말로 궁금하다. 그 아이는 자기가 수학을 좀 하는 아이들 사이에서 꽤 알려져 있다는 사실도 모를 것이다. 유진은 달리는 버스 구석에서 키득거렸다.

잘 알지도 못하는 녀석이 웃으면서 돈을 빌려달라고 처음 말했을 때, 거절했어야 한다. 아니다. 만약 그랬다면 그 녀석 주먹에 얼굴 뼈가 다 나갔을지도 모른다. 우현은 복부를 천천히 쓰다듬었다. 처음 맞았을 때 느꼈던 시원함, 순간 뒤이은 뜨거움과 함께 호흡이 멈췄던 기억. 오늘로 세 번째다. 여러 명이 같이 다니는 거 하며 돈을 갈취할 때도 직접 안 하고 함께 온 아이들에게 시키는 거 하며, 필요할 때만 직접 나서는 거 하며… 우현이 이전 학교에서 함께 놀던 아이들과는 질적으로 다른 놈이다. 무영이 나를 괴롭히는 이유가 뭘까? 내가 학교 일진인 자신과 어깨를 나란히 할 만큼 유명인이라서? 그래서 질투라도 하는 걸까? 우현은 고개를 흔들었다. 누구를 괴롭힐지 말지는 그 녀석 마음이다. 아무래도 내 어떤 부분이 그 친구를 거스른 것 같다. 내가 알 수 없는 어떤 부분이 말이다.
세상을 떠난 여동생이 떠올랐다. 평생 안고 가야 할 기억.

동생이 병원에 가기 일주일 전 일요일이었다. 부모님이 할머니 댁에 다녀온다고 집을 비운 사이 우현은 몸이 불편한 여동생을 집에 혼자 남겨두고 친구들을 만나러 나갔다. 어두워지고서야 집에 돌아왔는데 합판 침대에 누운 채, 눈을 말똥말똥하게 뜨고 있던 여동생은 우현을 보자마자 울었다. 배가 고팠던 것이다. 대소변도 마음대로 보지 못하는 몸이 불편한 여동생을 내팽개쳐두고 우현은 친구들과 온종일 신나게 돌아다녔다. 우현을 괴롭히는 건, 여동생에 대한 것이라기보다는 자신에 대한 것이었다. 여동생이 세상을 떠나기 전까지 우현은 자신이 그 일을 그렇게 후회하게 될 줄 몰랐다. 동생에게 미안하다는 말도 한 적이 없었다. 우현은 철이 없었고 또 이기적이었다. 뭔가 엄청난 일이 생겨야만 비로소 깨닫는 바보였다. 슈퍼마켓을 털던 기억이 뒤따라왔다. 얼마 전 수업 시간에 국어 선생님이 빛과 그림자 이론을 말한 적이 있다. 좋은 일만 생길수는 없다는 것. 그래. 남의 돈을 훔친 일과 여동생을 학대한 행동에 대한 대가라고 생각하자. 이 정도는 견딜 수 있다. 견딜 수 있어야 한다. 저 무서운 무영도 시간이 지나면 지금 행동을 후회하며 더 나은 사람으로 돌아올지 모른다. 지금의 나처럼 말이다. 날 걱정해주는 친구, 나에게 궁금한 것을 물어보겠다고 말해주는 친구, 나를 위해 수학 문제를 만들어주는 선생님을 생각하자. 우현은 갈색 노트를 펼쳤다. 인식이 준 문제를 다시 읽을 때, 아까 무영이 한 마지막 말이 떠올랐다. 싫으면 또 전학 가든가. 무슨 뜻일까? 눈에 보이지 않으면 괴롭히지 않겠다는 말일까? 아니면 내가 강전 당한 걸 알고 비꼰 걸까? 하얀 노트 위에 유진이 얼굴이 나타났다.

고양이가 우현을 알아보고 슬금슬금 다가왔다. 우현은 편의점에서 얻어온 습식 사료 봉지를 뜯었다. 점심시간이지만 도서관 뒤쪽은 한가하다. 작은 몸집에 지저분한 얼굴, 어딘가 불편해 보이는 걸음걸이. 우현은 쪼그리고 앉아 손바닥 위에 액체를 짰다.

"자. 먹어."

우현이 올 때면 항상 근처에서 나타나는 걸 보면 여기서 생활하는 녀석인 것 같았다. 도서관 뒤쪽 풀숲은 아파트 단지 경계선까지 이어져 있었다. 이 녀석은 어디서 어떤 이유로 여기로 오게 된 걸까? 고양이들도 거처를 주기적으로 옮길까? 전학을 가듯이 말이다. 고양이들이 아파트 단지와 학교를 넘나들며 자주 눈에 띄자, 생활안전부에서 학생들에게 학교 내에서 고양이 밥을 주지 말라는 지침이 내려졌다. 위생상의 이유였다. 바보 같은 이야기다. 학교는 고양이가 안전하게 생활할 수 있는 최적의 공간이다. 군데군데 있는 풀숲과 넓은 운동장, 아파트 단지처럼 자동차가 다니지 않는 보행용 도로들. 그리고 매일 엄청난 양의 잔반 쓰레기가 쏟아지는 급식소. 녀석이 도서관 뒤쪽 풀숲에 자리를 잡은 것도 여기가 급식소와 가깝

기 때문이다. 얼마 전에 우연히 접한 정보에 따르면 길고양이
의 평균 수명은 3년 이하라고 한다. 평온한 조건에서는 15년
이상 살 수 있는 동물이지만 혹독한 환경이 그렇게 만드는 것
이다. 사람으로 치면 청소년기에 사망하는 것이다. 우현은 자
신의 손바닥 위를 정신없이 핥고 있는 고양이의 머리를 쓰다
듬었다. 이 녀석은 얼마나 살 수 있을까? 3년? 5년? 우현이 학
교를 떠날 수 없는 또 하나의 이유다.

"퀴즈대회 어때?"

"그건 좀 식상하다."

"그래. 수학 퀴즈에 누가 관심을 가진다고? 우리나 관심
있지."

유진은 고개를 저었다.

"지난 1학기에 수학 독서대회 하자고 한 사람이 누구더라?"

민이 손가락을 흔들며 말했다.

"아이디어는 괜찮았어. 홍보할 시간이 부족했을 뿐이야."

"그래. 그건 맞는 말 같아. 어쨌건 이번에는 좀 다른 걸 해봐
도 좋을 것 같은데. 홍보 시간도 충분히 갖고 말이야."

태민이 부드럽게 말했다. 유진은 고개를 끄덕이며 말을 이
었다.

"수학 퀴즈대회가 식상할 수 있다는 말은 충분히 공감해."

2학기 동아리 발표회는 1학기 때처럼 망칠 수 없다. 유진은

임원진 앞에서 사업 아이템을 설득하는 중간 간부의 포스를 풍기며 말을 이었다.

"보물찾기 방식이야. 중간중간에 힌트를 주되 단계적으로 밟아오도록 길을 만드는 거지."

태민은 재미있다는 표정을 지었다.

"정답까지 오는 사람에게 상을 주는 거야."

"단계를 둔다는 것 말고 특별한 건 없는 거 같은데?"

민이가 고개를 갸우뚱하며 말했다.

"정답은 어떻게 공개하는 거야?"

"출제자가 직접 공개하고 상을 주는 거지."

"그 말은…"

"그래. 우리가 문제를 만들자는 이야기야."

우현이 고개를 들었다. 목이 뻐근했다. 무영에게 얼굴을 맞는 순간의 기억이 떠올랐다. 가볍게 시작한 폭행과 갈취가 조금씩 심해지고 있다. 외부적으로 표시가 나지 않게 지능적으로 때린다. 오늘은 옆머리에 발길질을 당하고 만 오천 원을 뺏겼다. 놈은 큰돈을 번 듯 휘파람을 불면서 가버렸다. 학교에 신고하면 어떻게 될까? 무영은 내가 강전으로 온 사실을 알고 있는 것 같았다. 그 녀석이 그걸 어떻게 알았는지 모르지만. 아무튼 내가 신고하고 학교에서 조사하면 이전에 한 일이 친구들에게 알려질지 모른다. 그렇게 되면…. 아니 어쩌면 벌써 알려졌을지 모른다. 유진이가 손에 깍지를 낀 채, 눈을 동그랗게 뜨고 듀드니 퍼즐을 풀어내는 자신을 바라보는 모습이 떠올랐다. 우현은 고개를 흔들었다.

유진은 어릴 적 시내 문화센터에서 있었던 명탐정 추리 기획전 컨셉을 참고했다며 아이디어를 설명했다. 단계마다 장소를 옮겨 다니며 힌트를 찾아다니다가 마지막 단계에서 출제자와 만나게 된다. 출제자는 도달한 아이와 토론을 벌이며 서로의 정답을 확인한 후, 마지막에 선물을 주면서 끝나는 절차다. 수학동아리의 특색을 살리면서도 아이들을 움직이게 만드는 게 포인트다. 출제자의 답과 푼 사람의 답이 다를 수 있다는 것도 재미있는 부분이다. 뭐 출제자가 누구냐에 따라 다르겠지만.

"괜찮은 거 같아. 그런데 문제는 누가 낼 거야?"

소라가 물었다. 주어진 수학 문제를 풀어내는데 익숙한 아이들이지만 만들어 본 경험은 그리 많지 않다. 자칫하면 망신을 당할 수도 있다. 뻔한 문제는 절대 안 되고 성립하지 않는 모순덩어리 문제도 안 된다. 단순한 아이디어로 접근할 수 있으면서도 통찰력이 있어야만 해결 가능한 매력적인 문제.

"아직 시간이 있으니까. 내부 경쟁을 통해 결정하면 되지 않을까?"

"하나씩 만들어와서 공개하자는 이야기지?"

휘파람 소리가 들렸다.

"서로 의논하고 검증해가며 만드는 게 좋을 것 같아. 2인 1조로 해서 한 문제씩 만들어오기는 어떨까?"

태민은 유진을 바라보며 말했다. 지난번 히트 쳤던 자유이용권도 두 사람이 상의해서 만든 아이템이었다. 이번에도….

"뭐. 나쁘지 않을 것 같네. 시간은 언제까지로 할까?"

"다음 주 수요일까지로 하면 될 거 같아. 목요일 동아리 시간에 결정하면 되니까. 단, 확실히 하기 위해서 부장한테 제출하는 걸로 하는 게 어때 다들?"

유진은 동의를 구하는 표정으로 태민을 바라보았다. 태민은 싱긋 웃으며 고개를 끄덕였다. 소라와 민이는 이야기가 끝나자마자 가방을 챙겨서 동아리 방을 나갔다. 우현은 칠판 쪽을 바라보며 말없이 앉아있었다. 태민이 자리에서 일어나며 말했다.

"우현아. 뭐 생각해? 어디 안 좋아?"

"어. 아냐."

우현은 목에 손을 대며 말했다. 예전에 따라다니던 형들에게 배운 게 있다. 피할 수 없는 주먹은 비켜 맞아야 한다는 것. 빗맞는 연습이라도 해야 할지 모른다. 유진이 물백묵으로 칠판에 그림을 그리고 있었다. 타원과 삼각형 그리고 나선형 도형이 불규칙적으로 펼쳐진 그림이었다. 그림을 바라보는 우현의 눈이 커졌다.

"저건…"

그림을 완성한 유진은 우현을 바라보며 말했다.

"듀드니 퍼즐을 조금 변형한 거야."

칠판에 그려진 문제는 어제 우현이 유진에게 가르쳐 준 퍼즐을 바탕으로 유진이 새롭게 만든 문제였다. 아마 대칭점을 찾는 문제일 것이다. 우현이 그림을 보며 말했다.

"원래 문제를 이렇게 변형하는 게 쉬운 일은 아닐 텐데. 유진이 너 대단하다."

유진은 어이가 없다는 듯 고개를 흔들었다.

"살짝 비튼 게 대단하다면 애초에 문제를 푼 사람은 외계인 수준인 거지."

태민의 심장 위로 더운 바람이 올라왔다.

"이건 뭐 거의 확정인 거 같네."

"아냐 아직 몰라. 소라와 민이도 만만찮거든. 지금쯤 둘이 도서관에서 종이접기 퍼즐 책을 뒤지고 있을지도 모르지."

유진은 백 팩을 집으면서 말했다.

"부장도 문제 낼 거지?"

태민은 어깨를 으쓱했다.

"글쎄. 난 그냥 진행하는 걸로 해주면 안 될까?"

"그건 안 됩니다. 호호호."

유진은 어림없다는 표정을 지으며 우현과 함께 방을 나갔다.

편안한 침묵이 있는가 하면 소음보다 더 시끄러운 침묵도 있다. 태민은 칠판 앞으로 나가더니 타원의 중심에 점을 찍었다. 그리고는 사선을 하나 긋고는 점을 기준으로 회전시켜서 원래 사선과 직각이 되게 했다. 길이의 합을 최소로 만드는 과정이다. 이제 다음은…. 아니야. 이건 동아리 발표회용 문제야. 이런 복잡한 보조선은 필요 없어. 좀 더 평범하게 접근해야 해. 우현과 유진이 호흡을 교환하면서 퍼즐을 만드는 모습이 떠올랐다. 한참 동안 그림을 보던 태민은 머리를 좌우로 돌리면서 그림을 지워버렸다.

휴일이 끝난 월요일 아침, 유진은 복도의 비닐 장의자 끄트머리에 앉아서 울고 있는 소라를 발견했다.

"소라야. 왜 그래? 무슨 일 있어?"

소라는 고개를 좌우로 흔들며 계속 울음을 삼켰다.

"고양이…. 고양이가…"

"고양이?"

유진은 불안한 마음을 안고 물었다. 소라가 고양이를 길렀나?

"1교시 끝나고 쉬는 시간에 도서관에 책을 반납하러 갔어. 급식소 쪽으로 돌아서 나오는데 뒤쪽에서 울음소리가… 들렸어."

소라는 울먹이며 말을 뱉어냈다.

"고양이가… 누워있었어. 눈을 뜨고 있었어."

유진은 도서관 뒤쪽으로 뛰어갔다. 뒤쪽 벽은 조그만 규모이긴 하지만 주차장이 있다. 누군가가 주차하다가 고양이를 치고는 풀숲에 버렸을 가능성이 있다. 아니면….

검은 고양이가 풀숲에 웅크리고 있었다. 이 녀석 때문에 소라가 풀숲 쪽으로 들어왔을 것이다. 그 옆에 고양이 한 마리가 누워있었다. 입에 거품을 문 채로 두 팔을 앞으로 내밀고 있었다. 누군가가 좋지 않은 것을 먹인 게 분명했다. 옆으로 누운 하얀 몸에 거대한 T자 모양의 연갈색 무늬. 유진은 주변을 둘러봤다. 검은 고양이는 보이지 않았다. 이 고양이에게 밥을 주던 사람이 있었을까?. 혹시나 해서 경비실로 가 봤지만 별 소용이 없었다. 도서관 뒤쪽에는 방범 카메라가 없었다.

"어서 와. 거기 앉아라."

인식은 우현을 반갑게 맞았다. 늦은 시간이라 수학 전용 교실에는 두 사람 말고 아무도 없었다.

"지난번에 주신 문제 생각해봤는데…"

인식은 고개를 끄덕이며 우현을 쳐다보았다. 우현은 에이포 종이를 한 장 내밀었다. 인식은 우현의 풀이를 천천히 살펴보았다.

"경우 나누기를 이렇게 하면 체크 할 내용이 상당히 줄어들겠는데. 좋네. 좋아."

"…"

"우현아. 이 분류법 말이야. 조금 더 명확한 언어로 정리하면 다른 문제들에도 적용해볼 수 있을 거 같구나."

인식은 우현을 바라보며 흐뭇한 미소를 지었다.

"저… 선생님."

"음. 왜?"

인식은 종이를 유리 위에 놓은 다음, 작은 금속을 겹쳐 놓았다.

"제가 수학을 공부해서 뭘 할 수 있을까요?"

인식은 의외라는 듯 눈을 크게 뜨고 천천히 대답했다.

"수학을 잘하면 할 수 있는 게 아주 많단다."

"…"

"우선 대학이나 연구소에서 수학을 연구할 수 있고 다른 영역, 예를 들어 경제학이나 물리학 같은 응용 영역으로 전공을 바꾸는 것도 가능해. 은행이나 보험회사 같은 일반 회사도 수학 전공자를 필요로 한단다. 뭐 나처럼 중등학교에서 수학을 가르칠 수도 있지. 수학만큼 사회에서 필요로 하는 과목은 흔치 않아. 그러니…"

인식은 우현을 바라보며 흐뭇한 미소를 지었다.

"넌 할 수 있는 일이 아주 많아."

계속 수학을 공부하고 싶다. 학생들에게 좋은 영향을 주는, 선생님 같은 사람이 되고 싶다. 우현은 떨구었던 고개를 들었다.

건물 앞에 누가 서 있었다. 낯익은 실루엣. 우현은 건물 입구 쪽으로 빠르게 걸어갔다.

"유진아. 웬일이야?"

우현의 목소리가 커졌다.

"어이구. 한참 기다렸네."

유진은 쑥스러운 듯 어깨를 으쓱했다. 유진은 집으로 들어오라는 우현의 제안을 한사코 거절했다. 할 수 없이 엄마에게 잠시 친구 만나고 온다고 말한 다음, 다시 밖으로 나왔다. 동네 놀이터 옆 편의점에서 음료수 캔 두 개를 샀다.

"무슨 걱정 있는 거야? 요 며칠 표정이 영 별로더라."

유진이 놀이터의 긴 반원 모양의 의자에 앉으며 말했다.

"응?"

우현은 당황한 표정으로 말을 받았다. 유진이 집 앞에서 기다리고 있었다는 사실 때문에 아무 생각도 할 수 없었다.

"너 요즘 무슨 일 있지?"

우현은 잠시 망설였다.

"아냐. 아무것도."

노숙자로 보이는 사람 하나가 봉지를 들고 놀이터로 들어왔다. 유진은 음료수통을 봉지에 넣으면서 자연스럽게 말했다.

"어젯밤에 스탠드에 함께 있던 아이들은 누구야?"

"… 그건…"

유진은 굳은 표정으로 우현을 응시했다.

"그냥… 부탁을 하길래. 잠깐 대화를 한 거야."

유진은 알겠다는 듯 고개를 끄덕였다.

"무슨 부탁인데?"

처음부터 다 본 것일까? 얻어맞고 돈을 뜯기는 모습을?

"어… 뭐…"

유진은 휴대폰을 꺼내 몇 번 클릭하더니 노란 화면이 나타나자 우현에게 내밀었다. 화면을 본 우현의 표정이 굳었다. 멀리서 찍은 사진이었지만 우현이 무영과 대화를 나누는 듯한 장면을 여러 각도에서 찍은 사진들이 올라와 있었다. 순진한 얼굴의 **현 알고 보니 일진이라는 댓글과 함께 이전 학교에서 학폭으로 강전 당해왔다는 글들이 이어지고 있었다. 우습게도 우현은 자신이 무영에게 얻어맞고 있는 사진이 한 장도 없어서 다행이라는 생각이 들었다.

"D스쿨에 어제 업로드된 글이야."

D스쿨은 학생들이 자발적으로 만든 정보 나눔 오픈 공간이다. 정기고사 시험 범위나 학원 정보에서부터 잃어버린 강아지 찾기 광고라든지 확인되지 않은 일부 교사들의 개인사까지 온갖 루머가 생산, 유통되는 곳이었다. 학생들은 자기 학급 단톡방보다 D스쿨에서 더 많은 정보를 얻었다.

"우현아. 난 니가 어떤 사정으로 전학을 왔는지 몰라. 알 필요도 없고. 하지만 왜 그 아이들을 만난 건지는 궁금해."

우현은 유진이 굳이 학교가 아닌 집 앞에서 우현을 기다린 이유를 이해했다.

"아냐. 유진아. 그런 거 아냐."

"…"

"그 아이들 별거 아닌 이유로 잠깐 만난 거야. 그러니까 걱정 안 해도 돼."

"그 별거 아닌 이유가 뭔지 나한테 말해줄 수 있니?"

늦은 시간에 아무도 없는 학교 스탠드에서 학교 대표 일진을 만난 이유를 말해주기는 쉽지 않았다.

"글쎄. 뭐 나한테 유명인이라며 잘 지내보자고 하던데."

거짓말은 아니다. 잘 지내는 방식이 문제지만…. 억지웃음 때문에 입 안쪽이 쓰라렸다. 유진은 우현의 얼굴을 빤히 쳐다보았다. 전학생 우현이 수학 천재라는 사실이 학교 일진의 관심을 끌 이유가 있을까? 유진은 이해할 수 없다는 듯 고개를 저었다. 아무래도 우현이 뭔가 숨기는 게 있다는 생각이 들었다.

"무슨 일인지 몰라도 그 아이들과 얽히지 않는 게 좋아. 만약"

D스쿨에 이런저런 글들이 올라올 것이다. 그렇게 되면 유진도 우현이 이전 학교에서 저질렀던 일을 알게 될지 모른다. 유진은 잠시 호흡을 멈추고 말을 이었다.

"니가 원하지 않는 만남이라면 내가… 도와줄 수 있어."

집으로 돌아오는 우현의 머릿속은 복잡했다. 그 사진을 올린 사람이 누굴까. 그리고 우현이 돈을 갈취당하고 폭행을 당하는 장면을 뺀 이유는 우현을 일진 패거리로 만들려는 의도로 올린 게 분명해 보였다. 그렇다면 무영 일당이 한 짓은 아니다.

5층 아파트 건물 입구에 들어섰다. 우현을 물끄러미 바라보던 유진이 얼굴이 떠올랐다. 어디까지 알고 있을까? 아니 어디까지 알게 될까? 수학 퍼즐을 가르쳐 줄 때와는 다른 그 무언가가 우현의 가슴을 채우고 있었다.

"이걸로 동아리 발표회 계획은 마무리가 된 거 같네."

태민은 물백묵 뚜껑을 닫으며 유진 쪽을 바라보았다. 우현은 아까부터 창밖을 바라보고 있었다. 요 며칠 녀석이 보이지 않았다. 점심시간에 봉지를 흔들어대면 늘 풀숲에서 나타나던 녀석인데…. 혹시 서식지를 옮긴 걸까? 하지만 근처에 다른 고양이가 출몰하는 것도 아니고 딱히 다른 위험 요소도 없는 곳이다. 아무래도 이상하다. 나중에 풀숲 안쪽으로 한 번 들어가 봐야겠다. 건너편 벽 쪽으로는 가본 적이 없었다. 상상을 초월하는 쓰레기와 예상치 못한 경치 속 어딘가에 녀석이 웅크리고 있는 모습을 볼지도 모른다.

"퀴즈는 유진이가 만든 거니까 정답 발표와 선물 증정도 유진이가 했으면 해."

유진이 고개를 끄덕이며 대답했다.

"그래도 되지만 정답 발표는 우현이가 하고 난 선물 증정을 하는 걸로 했으면 해. 우현이 아이디어로 출발한 문제거든."

태민은 우현 쪽을 쳐다보며 말했다.

"우현이 생각은 어때?"

우현은 말없이 창밖을 바라보고 있었다.

"둘이 같이 만든 문제니까 정답 발표도 같이하고 선물도 같이 주는 걸로 하자."

소라가 말했다. 소라와 민이가 만든 종이접기 문제도 상당히 괜찮았지만 지나치게 복잡해서 동아리 발표회 퀴즈로는 적당치 않았다. 우현은 태민의 얼굴을 보고는 얼버무리듯 말했다.

"어. 나는⋯ 괜찮아."

잠시 고민하던 태민은 화이트보드의 역할 분담표를 수정한 후, 뒤쪽 의자에 앉아있던 인식을 쳐다보았다. 인식이 천천히 일어나서 테이블 쪽으로 나왔다.

"종이접기 문제는 조금 발전시키면 각도 분할 문제와 연결될 수 있을 거 같다. 소라와 민이가 좋은 아이디어를 냈어. 나머지 문제들도 내 기준에서 보기에 모두 수준급 문제들이야. 감동했다."

유진은 우현을 쳐다보았다. 우현은 턱을 왼쪽 손으로 괸 채, 고개를 숙이고 있었다. 머릿속으로 복소수 계산을 하고 있을까?

"퀴즈 만들어 온 거 보니까 다음 주에 있을 학년통합수학경시대회 기대해도 되겠구나."

한숨이 실내를 메웠다.

"샘. 퀴즈 내는 거 하고 문제 푸는 거는 완전 다르죠."

민이가 볼멘소리를 했다. 인식은 웃으며 대답했다.

"그렇지. 문제를 만드는 게 푸는 거보다 훨씬 어려워. 그 어려운 걸 해냈는데 경시대회 문제쯤이야. 가볍지 않을까?"

학년통합수학경시대회는 수학을 좋아하는 아이를 발굴하고 재능을 키워주기 위한 D고교의 독특한 프로그램이었다. 문제의 내용은 학교 시험 범위와 무관한 논증 기하와 정수론 두 분야였는데 수학올림피아드 범위와 같았다. 절대평가로 네 문제 중 두 문제 이상 풀지 못하면 수상할 수 없다. 재작년에 시작된 이 시험에 수상자는 아직 나오지 않고 있었다. 감마 멤버 중 유일하게 시험에 도전했던 태민은 두 문제의 벽을 넘지 못했다. 그럴 리가 없겠지만 만약 이번에 수학동아리 밖에서 수상자가 나온다면 상당히 민망한 일이다. 인식이 이런저런 이야기를 하지만 우현이에게 기대를 걸고 있다는 걸 구성원 대부분이 느끼고 있었다. 수상하면 황선생님이 대학 진학할 때 화끈한 추천서를 써줄지 몰랐다. 아니 그 전에 교내에서 수학 천재로 공인될 것이다. 학년 통합 천재. 경시대회를 체질적으로 싫어하는 유진이지만 은근히 기대되는 것도 사실이었다. 우현이라면 두 문제 벽을 가볍게 넘을 수 있을 거야. 이야기가 끝나자 인식은 태민에게 눈짓을 하고 복도로 나왔다.

"저녁에 작업하면서 간식 주문해서 먹도록 해. 뒷정리 잘하고."

"네. 선생님."

발표회장 꾸미기는 빨리 끝나도 세 시간을 잡아야 한다. 태민은 인식에게 받은 카드를 호주머니에 넣었다.

한 시간 후, 치킨 타임이 되자마자 우현은 동아리방을 나와 도서관 쪽으로 달려가다시피 걸었다. 유진은 화장실을 가는 척하며 뒤따라 나왔다. 도서관은 한참 전에 문을 닫았다. 우현은 자동차가 모두 빠져나가서 텅 빈 주차장을 가로질러 풀숲 쪽으로 걸어갔다. 유진이 주차장 쪽으로 들어서자 풀숲 쪽에서 불빛이 움직이고 있었다. 우현이 스마트폰 라이트를 켠 것이다. 뭘 찾으러 온 걸까? 유진은 주차장을 천천히 가로질렀다. 머릿속에서 불안한 생각이 스멀스멀 피어올랐다. 우현은 낮은 소리로 휘파람을 불며 호주머니에서 뭔가를 꺼내고 있었다.

"우현아. 여기서 뭐 해?"

우현이 들고 있는 조그만 봉지가 유진의 눈에 들어왔다.

"뭐 잃어버렸어?"

우현은 봉지를 접어 호주머니에 넣었다.

"그거… 고양이 먹이 같은데."

우현은 천천히 고개를 끄덕였다.

"여기서 만난 녀석인데 요 며칠 안 보여서."

역시 고양이였다. 유진은 우현을 따라 천천히 반대편 벽 쪽으로 걸음을 옮겼다.

"하루 정도 안 보여도 다음 날은 꼭 나타났거든."

"그래서 찾아보려는 거야?"

우현이 손가락을 입에 가져갔다. 유진은 입을 다물고 우현의 눈길이 가는 곳을 보았다. 길 쪽에서는 안 보이던 긴 나무 의자가 보였다. 의자 끄트머리 뒤쪽에서 동그란 빛 두 개가 나타났다. 우현은 유진에게 움직이지 말라고 눈짓한 후, 호주머니에서 봉지를 꺼냈다. 동그란 빛은 고양이의 두 눈이었다. 녀석은 조심스럽게 우현 쪽으로 기어 왔다. 연한 갈색의 아기고양이였다. 우현이 찾던 고양이일까? 동물을 기르지 않는 유진이었지만 폰 라이트에 비친 고양이의 모습은 너무나 귀여웠다. 어둠 속에서 굶주리고 있었을 불쌍한 생명. 유진이 고양이 쪽으로 다가가려 하자 우현이 한 손으로 제지했다. 유진은 고양이가 쪽쪽 소리를 내며 봉지 속에 들어 있는 액체를 다 먹을 때까지 목석처럼 서서 기다릴 수밖에 없었다.

"미안해."

우현이 빈 봉지를 호주머니에 접어 넣으며 말했다.

"내가 다가갔으면 맛있는 간식도 못 먹고 도망가 버렸을 텐데 뭐. 그런데 거기 숨어 있는 게 보였어? 아무튼 성공했네."

우현은 고개를 저었다.

"내가 찾는 아이가 아냐. 그 녀석은 덩치가 커 색깔도 다르고."

"찾는 고양이가 무슨 색깔인데?"

"하얀 바탕에 갈색 무늬가 절반 정도 퍼져 있어."

우현은 말하면서도 계속 주변을 살폈다. 유진의 가슴이 두 근거렸다. 독극물을 먹고 누워있던 고양이. 하지만 넓은 학교 부지 안에 얼마나 많은 고양이가 서식하고 있는지는 아무도 모른다. 하얀 바탕에 갈색 무늬 고양이가 한 마리만 있단 보장 도 없지 않나.

"그 고양이 특징 같은 거 있으면 알려줘. 혹시 내가 우연히 보면 알려주게."

두 사람은 주차장 쪽으로 몸을 돌렸다. 더 늦으면 동아리 방을 꾸미는 친구들에게 민폐가 된다. 뭐 남아 있는 치킨은 한 덩어리도 없겠지만 말이다.

"머리 크기는 좀 작은 편이야. 그리고 정면 왼쪽에서 보면 몸에 있는 갈색 무늬가 알파벳 대문자 T자 모양과 비슷해."

"다녀왔습니다."

우현은 문을 열고 들어서며 신발을 벗었다. 단정한 머리의 중년 여인이 식탁 위에서 안경을 들고 우현 쪽을 올려다보았다.

"늦었네."

"동아리 발표회 준비하느라고. 좀 전에 끝났어."

지숙은 우현이 수학에 재능이 있다는 사실을 어렴풋이 알 고 있었다. 내신성적이 그리 우수하지는 않지만 특기자로 진 학할 수 있다면 좋을 텐데. 여러 사이트를 검색해보니 특기자 제도가 특성화 고등학교 학생들을 위한 전형이라는 내용이 많았다. 일반고를 다니는 우현이가 수학 특기자로 진학하기는 어렵다는 이야기다. 어릴 때 싹을 보고 키워주었다면…. 부족한 부모를 만난 잘못이다. 우현의 방을 물끄러미 바라보던 지숙은 고개를 흔들었다. 여기까지 와서 바보 같은 생각을 하다니. 밝고 건강하게 자라만 주면 된다. 다른 건 바라지 말자.

엄마가 식탁 위에 펼쳐 놓은 커다란 노트북과 두꺼운 사전들이 싫지 않았지만 가끔은 엄마와 대화하고 싶을 때가 있다. 오늘처럼. 우현은 방문을 열고 거실로 나왔다. 노트북 자판을 두드리는 소리가 손바닥만한 공간을 채우고 있었다.

"저기… 엄마."

우현은 노트북을 앞에 조용히 앉았다. 조그만 접시에 담긴 사과 몇 조각과 우유 한 컵이 한쪽에 놓여있었다.

"지금 다니는 학교가 좋아. 친구들도 잘해주고. 공부도 뭐 할 만해. 그러니까…"

지숙은 우현 쪽으로 컵을 밀어주었다.

"강전이라 걱정했는데 차라리 잘된 거야. 어디서든 하기 나름이니까."

"동아리 선생님이 그러는데 수학과에 진학하면 할 수 있는 일이 많대. 직업 선택도 다양하게 할 수 있고."

지숙은 안경을 올리며 말했다.

"엄마는 진학은 크게 걱정 안 해. 능력 있는 우리 아들이 알아서 할 거니까."

"..."

"요즘 학교에서 무슨 일 있니? 집에 와서도 얼굴을 잘 안 보여주고. 엊그제는 다시 나갔다 들어오고. 아르바이트하는 날도 아닌데 말이야. 혹시 친구들하고 무슨 일 있는 거야?"

우현은 두 손으로 우유 컵을 잡은 채, 짐짓 큰 소리로 말했다.

"일이 있긴 있지. 동아리 발표회가 생각보다 큰일이야. 이틀에 걸쳐서 하거든."

"이틀간이나? 그럼 수업은 안 하니?"

"오전만 수업하고 오후는 발표회야. 전교생이 동아리방을 옮겨가면서 발표회에 자유롭게 참여하는 거지. 우리 학교는 축제를 안 하거든."

지숙은 아들의 얼굴을 살펴보았다. 몸이 괜찮으면 발표회 날 한 번 가보련만.

"시덥지 않은 축제보다 더 실속 있네."

우현은 우주의 비밀을 깨달은 표정으로 고개를 끄덕인 후, 사과 조각을 집어 들었다. 태민이가 남겨놓은 치킨 몇 조각을 입에 문 채. 태민이, 소라, 민이, 유진이. 그리고 1학년 후배들과 조금 전까지 천장과 유리창에 장식을 달던 기억이 떠올랐다. 발표회가 끝나자마자 뜯어내야 하지만 모두 정성 들여 붙였다.

엄마의 은색 노트북이 반쯤 닫혀 있었다. 아니 반쯤 열려 있었다. 노트북 왼쪽으로 수첩 크기의 자주색 전자사전 액정이 불빛에 반사되어 빛나고 있었다. 엄마의 앙증맞은 손길을 기다리는 것 같았다. 엄마가 번역 일로 받는 수당은 그리 많지 않다. 지난번에는 조그만 건설회사 대표의 자서전 대필을 했다고 하는데 몸이 불편해도 할 수 있는 일들이라 그나마 다행이라고 해야 할지. 어쨌든 두 식구가 먹고살기에 빠듯했다. 우현이 아르바이트를 안 하면 안 되는 이유다. 최무영의 비웃는 듯한 목소리가 귓가를 스쳤다. 싫으면 전학 가든가.

"뭘 그리 생각해?"

우현은 포크를 왼손에 든 채, 지숙의 은색 노트북을 쳐다보고 있었다. 노트북에 다리가 있다면 당장에 일어나서 도망갈 정도로 강렬한 눈빛이었다.

"우현아?"

"어. 응?"

우현은 잠에서 깬 듯 눈을 크게 뜨며 머리를 긁었다.

"너 엄마한테 할 말 있지?"

지숙은 노트북을 닫았다.

"할 말… 이라기보다 궁금한 게 있어서."

엄마는 한쪽 눈썹을 장난스럽게 살짝 올렸다. 여동생도 그렇게 눈썹을 올리는 버릇이 있었다.

"엄마는 내가 어떤 사람이 되길 바래?"

"…"

지숙은 왼손으로 턱을 괸 채, 잠시 생각에 빠졌다.

"너무 어려운데. 막연하기도 하고. 객관식으로 하면 안 될까?"

우현은 고개를 저었다. 옷에 배변을 흘린 채, 딱딱한 침대에서 반나절을 먹지도 못하고 자신을 기다리는 여동생을 내팽개치고 신나게 놀러 다닌 아들을 엄마는 야단치지 않았다. 그 사실이 우현을 더 괴롭혔다. 우현이 집 밖으로 맴돈 이유였다.

지숙은 아들의 얼굴을 바라보며 천천히 말했다.

"대단한 사람이 되려고 애쓸 필요는 없어. 자신이 하고 싶은 일을 하는 게 제일 중요하다고 생각해."

이해와 실망이 동시에 덮쳤다. 좋은 말이지만 너무 평범하다. 대학원까지 나와서 재택 번역일을 하면서도 만족하는 이유일까? 엄마가 언어학자나 문학가를 꿈꾼 적은 없을까?

"다치거나 병들지 않고 버텨내면 그게 성공한 삶이야."

다치거나 병들지 않고. 다시 말하면 죽지 않고 살아만 있어도 성공한 삶이라고 말하는 것 같았다. 엄마 자신의 삶에 대한 평가일까. 아들만큼은 엄마를 떠나지 말라는 말일까. 지숙은 장난스럽게 눈꼬리를 올리며 말을 이었다.

"그러고도 여유가 있으면 엄마도 보살펴주겠지."

우현은 남은 우유를 한 번에 비웠다.

태민은 창밖을 바라보았다. 한 시간 전, 상기된 얼굴로 동아리방으로 들어오던 우현의 모습이 떠올랐다. 시차를 두고 살짝 들어오던 유진의 모습도. 태민은 매점 자판기에서 뽑아온 캔 커피를 한 번에 들이켰다. 씨팔새끼.

야간자율학습도 끝난 시간이기 학교에는 아무도 없을 것이다. 다시 10분이 지났다. 태민은 손목시계를 확인했다. 조금 있으면 성질 더러운 흰머리 경비가 학교를 순찰한다. 10시 30분이 되자 문을 여는 소리가 들렸다. 약속 시간을 지키는 법이 없는 놈이다.

"빨리도 왔네."

무영은 어깨를 들썩이며 경쾌하게 벽 쪽으로 걸어왔다.

"그러엄. 내가 시간 약속은 칼이잖아."

지랄하네. 태민은 무영을 슬쩍 쳐다본 후, 스마트폰을 나무 책상 위에 올려놓았다. 무영은 옆에 있는 의자에 앉아 태민의 폰 옆에 자신의 폰을 놓았다. 화면 확인이 끝나자 폰은 각자의 주머니로 들어갔다.

"사진 올린 거 너지?"

무영은 능글맞게 웃으며 말했다.

"같은 편끼리 좀 불공평한 거 아니냐? 누구는 마음대로 편집 사진 올리고 누구는…"

"싫으면 지금이라도 그만두면 돼."

무영의 오른손에 힘이 들어갔다. 저 새끼가 D스쿨에 사진을 올린 건 나한테 돈을 바치는 우현이라는 놈을 골탕 먹이는 것뿐 아니라 나에게 하는 경고이기도 하다. 혹시라도 내가 엇나가면 나머지 사진으로 학교폭력으로 신고할 수 있다는….

우리 아버지 일만 아니면 얽힐 일도 없는 새끼. 뭐 한편으로 생각해보면 손해날 일은 아니다. 두 군데서 보수를 받는 셈이니까. 백태민 이 새끼는 꼭 한 번 제대로 손을 봐준다.

태민은 얇은 노트를 꺼내서 교탁 위에 올려놓았다.

"지난번에 보니까 좀 대충하는 거 같던데…"

"대충이라니?"

무영이 노트를 집어 들며 말했다.

"맞아도 쓰러지지 않더란 말이지. 바닥에 내팽개쳐질 정도로 못 때려? 복싱 선수라면서 펀치가 그 정도도 안 나와? 이건 뭐 내가 때려도 그것보다는 낫겠던데. 시간 끌면서 꿩 먹고 알 먹고 하려는 심보는 아니길 바라."

모니터링이라는 건가? 무영은 쓴웃음이 나왔다.

"계단에 굴러서 애새끼 머리라도 다치면 니가 책임질 거야? 다 알아서 힘 조절하는 거니까 아마추어는 관전이나 하셔."

"책임은 니가 지는 거지. 난 이 일과 관계없다고. 그게 핵심인 거 모르냐? 아무튼 이번 달까지다. 그리고… 오늘은 주문 사항이 한 가지 더 있어."

5분 후, 무영은 건물을 나오면서 노트를 운동장 구석에 던져버렸다. 5만원 권 지폐 두 장은 호주머니에 잘 들어가 있었다. 무영이 건물을 나가는 걸 확인한 태민은 현관 쪽으로 경쾌하게 발걸음을 옮겼다.

232

시작이 좋았다. 소라와 민이 만든 타로 퍼즐 부스를 먼저 열었다. 타로 카드 운세를 확률과 연결하며 만든 부스인데 친구들의 관심을 끌었다. 이런 류의 퀴즈는 진지하면 안 된다. 말도 안 되는 확률 계산에 웃음을 유발하는 카드 점과의 억지 연결. 가장 황당한 계산을 제시한 사람에게 주어지는 선물. 타로 부스가 끝나고 우현과 유진이 만든 메인 퍼즐이 중앙 노트북 화면에 광고와 함께 나타났다. 곧이어 불이 꺼지고 단계별 힌트 로드가 나타나며 마법사 옷을 입고 모자를 쓴 동아리 부원들이 나타났다. 타로와는 다른 분위기. 교실에서 배운 기호와 공식들이 천장에 미술품처럼 걸려서 날아다녔다. 꼭 퀴즈를 풀 필요는 없었다. 학생들과 함께 교사들도 알록달록한 빛으로 가득한 방을 이리저리 돌아다녔다. 구석에 앉아 진지하게 문제를 풀고 있는 일부 수학 덕후들과 커다란 인형을 품에 안고 세상 진지한 얼굴을 한 채, 타로점을 듣고 있는 아이들, 자신이 풀어낸 답이 왜 안되는지 말해달라고 소리를 지르는 아이들, 제시된 힌트를 다시 설명해달라는 소심한 아이들로 조그만 동아리방은 북새통이었다. 한 시간 후, 누군가가 벽면에 뭔가를 기록했다. 헤르미온느로 분장한 유진이 고개를 끄덕였다. 정답. 해리포터 차림의 우현이 정답을 말한 1학년 여학생에게 설명을 요청했다. 치아 교정장치를 한 여학생이 쑥스러워하며 앞으로 나갈 때, 유진의 폰이 울렸다. 유진은 폰을 열어 문자를 확인한 다음, 조용히 동아리방 밖으로 나왔다.

"무슨 일이야? 혜진아"

생물실험실 문을 열자 편혜진이 보였다. 기자재가 많아 유일하게 동아리 발표회 방으로 사용되지 않는 곳. 혜진은 유진을 힐끗 쳐다보더니 다시 고개를 돌렸다. 방에는 두 사람 말고 아무도 없었다.

"이쪽으로 와. 거기 문 잠그고."

떨리는 목소리였다. 천장까지 올라간 나무 선반 안쪽으로 돌아가자 교사용 공간이 나타났다. 평소에는 들어올 수 없는 공간이다.

"너 혼자 온 거 맞지?"

유진은 고개를 끄덕였다. 혜진이네 동아리 발표회는 내일이다.

"발표회는 어때? 잘 돼가?"

유진은 어깨를 으쓱했다.

"뭐. 생각보다 괜찮은 것 같아. 민이하고 소라가 스타트를 잘했거든. 타로점 인기가 좋았어. 너흰 내일이지?"

혜진은 몸을 살짝 떨었다.

"우리 동아리 타이틀이 동물 사랑이다 보니 발표회 때 집에서 기르는 반려동물을 볼 수 있다고 기대하는 아이들이 많아. 하지만…"

"동물은 사람의 구경거리가 아니지."

혜진은 고개를 끄덕였다. 수학 시간에 꾸벅꾸벅 졸 때와는 달리 초롱초롱한 눈빛이었다.

"이번 학기 동아리 발표회 아이템을 찾았어. 우리 학교 안에 서식하는 야생동물의 생태를 촬영해서 보여주기로 했어. 우리가 몰랐던 가족들이라는 제목으로 말이야."

혜진이 아이디어였을 것이다. 비 온 다음 날, 땅바닥 위로 올라온 지렁이에게 입맞춤도 할 수 있는 아이니까.

"고양이와 청설모 그리고 근처 아파트 단지에서 흘러들어온 유기견이 주 촬영 대상이었어. 운이 좋으면 근처 산에서 흘러들어온 동물들도 포함될 수 있을 거고. 암튼 동아리 아이들 집에 있는 소형 디지털카메라 세 대를 구해서 동물들이 나타날 만한 곳에 2주 동안 설치했어."

유진의 마음속에서 뭔가가 꿈틀거렸다. 그래서? 뭐가 촬영됐지? 유진은 말없이 친구의 입술을 쳐다보았다. 혜진은 손에 들고 있던 조그만 은백색 금속을 한 번 접었다가 폈다. 명함집보다 얇은 금속 표면이 액정으로 바뀌면서 풀숲이 나타났다. 화면은 움직이지 않았다. 혜진은 버튼을 누르며 화면 시간을 조정했다. 특이한 모양의 도서관 창문이 눈에 들어왔다. 낯익은 장소였다. 화면이 투박한 걸로 봐서 편집하기 이전의 원본 영상인 듯했다. 이윽고 혜진의 손이 멈췄다. 화면에 고양이와 함께 낯익은 얼굴이 나타났다. 유진의 눈이 커졌다. 예상 밖의 상황이었다. 유진이 충분히 놀라기도 전에 다시 한 사람이 화면 속으로 걸어 들어왔다. 두 사람은 신나게 먹이를 먹고 있는 고양이 옆에 서서 대화를 나누고 있었다. 목소리가 들리지 않았지만 좋은 분위기임을 충분히 알 수 있었다. 그럴 수밖에 없었다. 누구보다도 친한 친구들이니까. 혜진은 유진에게 눈짓으로 사인을 주면서 시간을 뒤로 돌렸다. 같은 장소였고 화면에는 아까 보았던 두 사람 중 한 사람이 봉지를 들고 있었다. 금방 풀숲 쪽에서 고양이가 나타나 화면 쪽으로 다가왔다. 그다음은 유진이 꿈에도 상상하지 못한 장면이 이어졌다. 혜진은 입을 꾹 다문 채 한 손으로 거대한 바위를 들어야 하는 골절환자처럼 조그만 카메라를 들고 있었다. 유진은 심장이 밖으로 튀어나올 거 같았다.

"그만… 그만해."

유진이 고개를 돌리자 혜진은 납작한 사진기를 반으로 접었다. 유진은 방금 자신이 본 것을 믿을 수 없었다. 이건 대체….

"동아리 아이들은 몰라. 하필 내 사진기에 찍힌 게 다행이라고 해야 할지…."

혜진이 말을 끝마치기 전에 유진은 밖으로 나와버렸다.

우현은 스탠드 끝까지 천천히 걸어갔다. 동아리 발표회는 잘 끝났다. 하지만 중간에 유진이가 갑자기 사라져 버려 걱정이다. 아픈 기색은 없었는데…. 민이가 급성 생리통 같다고 하다가 소라에게 뒤통수를 맞았다. 태민이가 찾으러 나갔지만 만나지 못했다. 문자를 보낼까 하다가 폰을 다시 주머니에 넣었다. 사려 깊은 유진이라면 나중에 사정을 말해줄 거니까. 우현은 스탠드 구석에 앉았다. 참새 한 마리가 큰 소리로 웃으면서 검푸른 하늘을 가로질렀다. 언젠가는 친구들도 알게 될 것이다. 그땐 비겁한 변명을 해야 한다. 자전거 손잡이를 잡은 채, 웃던 유진의 얼굴. 쉼 없이 돌아다니며 친구들을 챙기던 태민의 훈훈한 모습. 과장되게 눈꼬리를 올리던 엄마 목소리가 귓가에 들렸다. 우리 아들. 언제까지 이런 식으로 살아야 할까.

왼쪽에서 무슨 소리가 들렸다. 댄스 연습을 하는 것 같은 발걸음. 오늘은 혼자 온 모양이다. 어쩐지 마음이 더 불안해졌다.

"2분 늦었어."

우현은 손목시계를 보았다. 9시 1분 전이었다. 이젠 시간으로 시비를 거는 건가.

"늦었으니까 2만 원 더 내야지?"

우현이 고개를 돌리자마자 쇳덩이 같은 주먹이 날아들었다.

정신이 들었을 때 우현은 몸을 바닥에 댄 채, 옆으로 누워 있었다. 맞고 바닥에 쓰러진 그 모습 그대로. 누군가에게 얻어맞고 기절한 건 처음이다. 입 안에서 피 맛이 느껴졌다. 고통보다 깊은 수치심이 차가운 땅바닥에서부터 손끝을 타고 올라왔지만 우현은 자신의 감정을 온전히 느낄 여유조차 없었다. 우현은 천천히 머리를 들었다. 비스듬히 서 있는 무영이 눈에 들어왔다. 혼자였다. 몸을 털고 일어선 우현은 호주머니에 손을 넣어봤다. 얻어맞고 기절한 채 얼마나 쓰러져 있었을까? 돈은 그대로 있고 상대는 혼자다. 여러 놈이 있을 때보다 더 굴욕적이었다. 스탠드 바닥에 널부러져 자는 사진이 D스쿨에 올라오지 않을까?

"이게… 다야."

무영은 지폐를 집어서 확인했다. 쓰러져 있을 때 우현의 호주머니를 뒤질 수도 있었겠지만 우현이 갖다 바치는 형태로 받은 것이 더 좋아서일까. 무영은 싱긋 웃으며 말했다.

"오늘 지각비는 다음번에 내면 되겠네."

중학교 때, 지각비를 받았던 담임 얼굴이 떠올랐다. 1분에 100원. 스마트폰 시간 기준이었다. 우현은 망설이다가 입을 열었다.

"뭔가 시간이 서로 안 맞았던 거 같은데… 아까 늦지 않…"

무릎 쪽이 시원해지며 몸이 순식간에 아래쪽으로 기울어졌다. 몸이 땅바닥에 닿자마자 무릎 아래쪽에서 불이 난 듯한 통증이 느껴졌다. 이전과는 다른 강도의 폭력이다.

"너 말이야."

무영은 왼쪽 발로 자신의 오른쪽 다리를 툭툭 쳤다.

"내 말에 토 달지마. 내가 늦었다면 늦은 거야. 그리고…"

무영은 꽤 즐거워 보였다.

"난 말이지. 공부 잘하는 놈들이 아주 싫어. 내가 누굴 싫어

할 자유는 있지 않나?"

무영은 우현의 주변을 천천히 돌면서 혼잣말처럼 떠들었다. 그 말대로라면 차라리 부잣집 태민이를 때리고 돈을 갈취하는 게 나을 거다. 아니 태민이는 나처럼 이렇게 당하지 않을 것이다.

"공부는 머리로 해? 아니면 손으로 해?"

무영은 허공에 주먹을 날리며 장난스럽게 물었다. 수학 문제 잘 푸는 게 무슨 소용 있어. 이유 없이 돈을 갖다 바치는 것도 모자라 이리저리 얻어맞으면서도 제대로 된 저항조차 못하잖아 이 병신아.

"대답 잘해야 할 거야."

"나한테 왜… 이러는 거야?"

우현은 스탠드 위쪽으로 도망가듯이 올라갔다. 위쪽에 담에 있지만 건너편을 본 적은 없다. 무영은 큰 소리로 웃었다.

"새퀴. 다리도 쓸만하네."

왼편의 교사 건물은 잠들어 있는 거대한 짐승처럼 쥐 죽은 듯 조용했다. 피가 조금씩 계속 솟아 나와 입안을 채우고 있었다.

"형편이 어렵다면 용돈을 나눠 쓰는 건 해줄 수 있어. 그런데 이유 없이 때리는 건…"

무영이 손목을 털면서 말했다.

"형편이 어렵다면? 괜찮은 표현인데?"

무영은 왼쪽 팔목을 90도 각도로 비틀어 오른 손목에 대고 비튼 다음. 허리를 천천히 돌렸다. 누가 멀리서 보면 친구들끼리의 편안하고 여유 있는 대화 장면으로 비칠 수 있을 것이다. 하지만 우현은 충분히 느끼고 있었다. 저건 본격적으로 팔과 다리를 사용하기 전의 모습이다.

"맞는 놈이 있으니까 때리는 놈도 있는 거야. 그러니까 이유 없는 일은 없어. 그나저나"

확신에 찬 어조였다. 어둠이 완전히 눈에 익으면서 흥에 겨워 나불거리는 무영의 표정이 보였다.

"지난번에 자전거 끌고 가던 애. 꽤 예쁘던데? 다음번에 데리고 오면 지각비는 패스해 줄 수도 있어."

담벼락을 쥔 우현의 손에 힘이 들어갔다.

"둘 중 하나 선택해. 머리 아니면 손."

우현은 입에 고인 침을 뱉었는데 카악 소리가 났다. 무영의 입꼬리가 올라갔다.

"오늘은 손으로 하자. 뭐 시험 같은 거 보려면 조금 시간이 걸리겠지만 머리보단 낫겠지?"

우현은 녀석이 오늘 혼자 나타난 이유를 확실히 알았다. 증인을 남겨두지 않으려는 것이다. 그러니 방금 한 말은 협박이 아니다.

"소중한 손을 오늘 무사히 가져가고 싶다면 방법이 없는 건 아니지."

"…"

"니 대가리가 좋은 걸 다른 식으로 증명해봐. 내가 기회를 주지. 이건 창의적인 거라고."

우현은 무영에게 둔 채, 반대편 쪽으로 한쪽 다리를 넘겼다.

"며칠 있다가 무슨 시험 본다면서. 넌 어차피 정답을 다 알 거 아니냐? 그러니까 정답을 모두 피해서 0점을 받는 거야. 100점이나 0점이나 정답을 아는 사람만 확실하게 받을 수 있는 거잖아. 100점을 받지 못하는 떨거지들한테 니 능력을 증명해봐. 그런 식으로 그놈들을 놀리는 거지. 어때?"

이게 무슨 말이지? 학년통합수학경시대회에서 0점을 받으란 소리인가?

"왜 그건 못 하겠어?"

무영은 여유 있게 스탠드를 올라오고 있었다. 우현은 여전히 다리 하나를 반대편에 걸친 채 말했다.

"아까도 말했지만 용돈을 나눠 쓰는 건 해줄 수 있어. 하지만 시험을 일부러 망치는 건… 그건…"

"뭐 싫으면 다시 전학 가면 되겠네. 너 같은 새끼가 어설프게 연필 놀리는 거 말고 할 줄 아는 게 도망가는 거 말고 뭐 있겠냐? 그 전에…"

우현의 나머지 다리가 스탠드를 넘어감과 동시에 무영이 점프하듯이 날아들어 우현의 머리카락을 잡아 올렸다. 뒷머리가 뜯어지는 소리가 났다. 우현은 비명을 지르듯이 외쳤다.

"그건 못해. 안 해."

우현은 몸을 반대쪽으로 완전히 넘기고 나서야 밑을 내려다봤다. 어둠 속에 허연 무늬가 지도처럼 펼쳐져 있었다. 우현은 두 손으로 무영의 셔츠를 잡아당겼다. 몸집이 작은 무영의 다리가 들렸다. 무영은 우현의 얼굴을 몇 대 갈겼지만 거리가 너무 가까웠다. 아래쪽으로 작용하는 중력과 우현이 당기는 힘 그리고 상대적으로 가벼운 무영의 몸이 맞물려 두 사람은 한 덩어리가 되어 스탠드 반대편으로 추락했다.

유진은 반걸음 뒤에서 태민을 따라 걸었다. 태민이 유진과의 거리를 맞추면 조금 후 유진이 자연스럽게 거리를 벌렸다. 두 사람은 대로변을 10분 정도 말없이 걸은 후 신호등 앞에 나란히 섰다.

"3시라고 했지?"

유진은 호주머니에 두 손을 넣은 채, 고개를 끄덕였다. 태민은 부드러운 미소를 머금은 얼굴로 유진을 바라보았다. 건너편에 우뚝 솟은 초현대식 건물은 태민의 아버지가 이사장으로 있는 병원이다. 신호가 바뀌자 태민은 카펫을 밟듯 우아한 발걸음으로 도로를 건넜다. 곧 유진과 팔짱을 끼고 나란히 걸을 거다. 곧.

우현은 몸을 반쯤 일으킨 채, 침대에 앉아있었다.

"뭐야? 너무 상태가 좋잖아. 괜히 병문안 온 거 아냐?"

태민이 장난스럽게 말을 던지며 우현에게 다가갔다.

"어. 왔어?"

우현은 노트를 침대 모서리로 감추었다. 유진은 문 쪽에 그대로 서 있었다. 우현이 유진 쪽을 바라보며 말했다.

"소라하고 민이는 오전에 왔다가 갔어."

소라와 민은 최고급 1인실을 처음 구경한다고 난리를 치다가 갔다.

"경찰도 왔다 갔고."

태민이 한숨을 쉬며 말했다.

"어떻게 된 거야? 우현아. 그 녀석이 왜 너를…"

"지금은 그런 말 하지 마. 우현이는 피해자야."

유진이 과일 봉지를 손에 든 채로 말했다. 냉장고 문을 닫은 유진은 우현 쪽을 바라보았다. 뭔가 더 할 말이 있는 듯한 표정이었다. 태민이 우현의 손을 잡으며 말했다.

"그래 맞아. 지금은 회복이 우선이지."

우현이 힘없이 웃었다. 함께 건너편 화단 위로 떨어진 그 녀석은 지금 혼수상태이다. 화단 위에 있던 화강암 장식에 머리를 부딪혔다고 했다. 3미터 밖에 되지 않았는데 왜 그렇게 높아 보였을까? 녀석은 운동 신경이 좋은 권투 선수인데 왜 돌을 피하지 못했을까? 어제 왔던 여성 경찰은 둘이 바닥에 누워있는 모습을 처음 본 아파트 경비의 증언을 고려했을 때, 흙 쪽으로 떨어진 내가 무영의 시야를 가렸을 거라고 했다. 차분한 목소리로 녀석이 깨어나지 못할 가능성이 있다는 말도 추가했다. 경찰은 두 번의 사정 청취 후, 폭행당한 부분이 증명되면 정당방위가 될 거라고 하면서 몸조리 잘하라고 말하고 갔다. 무영의 학교생활을 조사하고 있는 것 같았다. 뭐하나 확실한 건 없었다.

"아무 걱정하지 말고 푹 쉬어. 필요한 거 있으면 연락하고. 생각보다 상태가 나쁘지 않아서 다행이다. 그리고…"

태민은 우현의 왼손을 꼭 잡았다. 여기가 태민이 아버지 병원이라는 건 엄마가 말해줘서 알았다.

"미안하다. 우현아."

친구가 처한 상황을 몰랐었다는 죄책감을 담은 목소리였다. 유진은 태민의 뒤에서 조용히 창문 쪽을 바라보고 있었다. 우현은 태민과 유진을 바라보며 생각했다. 어차피 친구들도 알게 될 거다. 내가 먼저 말하는 게 낫지 않을까? 이전 학교에서 있었던 일, 강제 전학을 당해서 D고등학교에 온 이야기부터 말이다. 다시 전학 가는 게 두려워, 아니 너희들과 헤어지는 게 싫어서 그 녀석의 요구를 들어줬다는 말을 믿어줄까? 비겁한 변명이라고 생각하겠지.

"퇴원은 언제 할 수 있어?"

유진은 차분하게 말했다. 어제 왔던 그 여성 경찰과는 다른 차분함이었다.

"골절된 곳이 없어서 이삼일이면 된다고 해. 몇 군데 타박

244

상 말고는 괜찮아. 엄마는 좀 더 있으라고 하는데…"

"정말 다행이야."

우현은 유진이가 태민이와 함께 돌아가지 않은 이유가 궁금했다. 병실에 들어온 후, 줄곧 창밖을 바라보던 것과 관계가 있을 것이다. 유진은 기껏해야 2미터 정도의 거리를 사막을 횡단하듯 천천히 걸어와서 우현 옆에 있는 철제 의자에 앉았다.

"우현아. 넌 잘못이 없어. 그러니까 아무 걱정 하지 마. 다시 말하지만 넌 피해자야. 물론 그 아이가 안 됐지만 그건… 너와 무관한 일이야. 사고라고."

우현은 몸을 완전히 일으켜 세웠다.

"그 아이 일로 학교가 시끄러워. 폭행을 당하고 돈을 갈취당한 아이가 수십 명이야. 복싱부 동아리 부원 중에도 피해자가 있는 모양이야. 이런 말을 하면 안 되는 거지만 아이들이… 너에게 고마워하고 있어."

경찰이 정당방위라고 한 이유를 알 거 같았다.

흥겨운 댄스곡이 실내를 가득 채우고 있었다. 사람들이 붐비는 카페에서 발산하는 에너지는 하기 힘든 이야기와 듣기 힘든 이야기를 주고받게 만드는 힘이 있다. 우현은 유진의 눈을 바라보며 말했다.

"… 말해봐 괜찮으니까. 나한테 할 말 있잖아."

유진은 탁자 위에 놓인 스마트폰을 계속 만지작거렸다.

"지금 이걸 너한테 말하는 게 잘하는 건가 싶어."

"내 걱정은 안 해도 돼."

이윽고 유진이 폰을 열어 몇 번 터치한 후, 우현 앞에 비스듬히 세웠다. 영상이 플레이되고 있었다. 익숙한 장소. 우현은 영상 속의 자신과 태민의 모습을 유심히 보았다. 우현의 발아래에서 꼬리를 흔들며 사료를 먹고 있는 고양이까지. 유진은 우현에게 영상이 찍힌 경위를 설명해줬다.

"영상이 하나 더 있어. 보면 알겠지만 같은 장소야."

화면 속에서 태민이 뭔가를 찾아 두리번거리고 있었다. 조금 있다가 수풀 쪽에서 고양이가 나타났다. 태민이 쪼그리고 앉아서 손을 내밀었다. 손바닥 위에 사료 몇 알이 보였다. 고양이가 다가와 손에 입을 대자마자 태민은 고양이의 머리를 잡았다. 우현의 호흡이 거칠어졌다. 유진이 폰을 닫았다.

"태민이가 고양이한테 뭘 하는 거지?"

유진은 심호흡한 후 또렷하게 말했다.

"본드를 먹이고 있어."

"…!"

"소라가 발견했어. 입에 거품 같은 게 있어서 동물병원에 데려가서 확인했거든. 본드래. 그것도 공업용 강력 본드"

죽이려고 작정을 한 거다.

"우현이 니가 챙기던 고양이인 줄 알았으면 진작 말해줬을

텐데…. 나중에 알았어. 병원에 있는 너한테 이걸 말해줘야 하
나 고민했어. 근데 아까 그 아이가 너한테 아무렇지도 않게 미
안하다고 하는 걸 보고…. 우리가 그동안 그 아이를 잘못 알고
있었던 거 같아."

유진은 태민을 그 아이라고 부르고 있었다. 모두가 인정하
는 모범생. 정의의 사도. 은인 같은 친구. 우현의 목소리가 떨
렸다.

"영상 어떻게 할 거야?"

유진은 단호하게 말했다.

"너한테 맡길게. 그 아이에게 보여주고 해명을 요구해도 좋
고. 관계 기관에 신고해도 좋아. 어쨌건 니가 돌보던 고양이잖
아. 학교에서 우리와 함께 생활했던 동물 친구이기도 하고. 고
양이 장례는… 내가 잘 치렀어."

우현은 병원 입구에서 유진을 보내고 건물로 들어섰다. 병
실로 돌아오는 내내 머릿속에서 폭죽이 울렸다. 분노도 슬픔
도 아니었다. 그것은 당혹감이었다. 고양이 입에 본드를 넣다
니…. 화장실로 들어가 구토를 했다. 병실에 들어온 우현은 침
대 가장자리에 앉았다. 직접 물어볼 수밖에 없다. 구석에 있던
노트가 눈에 들어왔다. 수학 퍼즐 집을 샀을 때 받은 경품이었
다. 노트 하단에 가드너의 명구가 기록되어 있었다.

좋은 문제는 단순한 문제다. 풀이를 보면 이해할 수 있지만 정작 스스로 그것을 생각해내기는 어려운 문제. 단순함이란 관계없어 보이는 단서들을 하나의 논리로 연결하는 힘이다. 많은 문제를 풀기보다 하나의 문제를 깊이 생각하라.

경시대회에 나가서 일부러 0점을 받으라던 무영의 황당한 요구가 떠올랐다. 수학을 좋아하는 동아리 아이들과 학급 친구들의 범위를 벗어나면 우현을 아는 아이는 거의 없다. 누군가 D스쿨에 올렸던 사진이 떠올랐다. 사진으로 인해 본의 아니게 우현도 유명인이 된 셈일까? 그 순간 우현의 머릿속 어딘가에 불이 들어왔다. 온통 어둡던 방 안에 갑자기 켜진 작은 불빛. 용돈 갈취와 구타가 끝난 후, 무영이 했던 말. 싫으면 전학 가든가. 모욕적이면서도 황당했던 수학 시험 보이콧 요구. D스쿨에 올라온 사진. 그리고 오늘 유진이 보여준 영상. 황인식 선생님이 말했다. 모든 문제는 그 속에 답을 품고 있다. 우현의 눈에서 눈물이 흘러나왔다. 방안이 환해졌다.

"불까지 꺼놓고 어디 갔었어? 아버지한테 잠깐 다녀왔는데 사라져서 당황했다. 인마."

태민이 벽 쪽에서 몸을 돌리며 말했다.

"유진이는 볼 일이 있다고 먼저 갔어."

"그래? 전화를 안 받던데…"

태민은 고개를 갸우뚱하면서 창문에 기대섰다. 우현은 턱을 쓰다듬는 척하면서 눈물방울을 닦았다.

"그 복싱부 깡패 그렇게 된 거는 니 잘못이 아니야. 그러니까 걱정하지 마."

"경찰 누나한테 들었어."

태민은 어깨를 으쓱했다.

"충분히 있다가 확실히 괜찮아지면 퇴원해. 우리 아버지도 그게 좋겠다고 하시더라."

우현은 손에 들고 있던 폰을 열어 화면을 터치했다.

"여기 이거 좀 봐."

태민은 거북이처럼 고개를 내밀어 폰 화면을 들여다보고는 놀란 표정을 지었다. 우현은 떨리는 목소리로 천천히 되씹듯 말했다.

"D스쿨에 며칠 전에 올라온 사진이야. 내가 그 녀석하고 대화하고 있는 것처럼 편집해서 누가 올린 거야. 그 녀석이 한 짓은 아닐 거야. 그럴 이유가 없으니까."

태민은 한숨을 쉬며 고개를 저었다.

"우연히 걸려 찍힌 사진을 누가 올린 거겠지. 거기 원래 그런 사이트잖아. 친구야. 지금 와서 그런 사진이 뭐가 중요해. 빨리 회복해서…"

"이해할 수가… 없어."

태민은 알겠다는 듯 고개를 끄덕였다.

"나도 궁금하기는 한데… 세상에는 기회만 생기면 남을 험

담하고 못살게 구는 사람도 많아. 그저 재미로 말이야."

"녀석은 자기한테 당하는 게 싫으면 전학 가라고 여러 번 말했어. 처음에는 강전 당해서 온 나를 조롱하는 말이라고 생각했는데 어느 순간부터는 정말로 내가 전학 가기를 바란다는 느낌을 받았어."

"그건 그냥 니 느낌이잖아."

태민의 목소리가 올라갔다.

"마지막으로 돈을 뺏던 날, 나한테 학년통합수학경시대회에 나가서 0점을 받으라는, 정말 이상한 이야기를 했어."

"…"

태민은 팔짱을 한 채, 심각한 표정으로 우현을 쳐다보았다.

"태민아. 넌 지금까지 날 도와주고 지지해준 고마운 친구야."

우현의 목소리가 갈라졌다. 태민은 긴장이 풀어진 듯 한숨을 쉬더니 살짝 웃었다.

"앞으로도 계속 그럴 예정이니까 걱정하지 마."

구토가 다시 올라왔다. 우현은 속을 누르면서 다짐하듯 말했다.

"나한테 할 말… 없니?"

태민이 활짝 웃으며 말했다.

"방금 말했잖아? 난 니 편이라고. 한 번 더 말 해줘?"

기계음이 조그만 방을 흔들었다. 태민이 폰을 꺼냈다.

"열어봐."

우현이 문을 열고 나가자 태민은 액정 화면에 올라온 영상을 터치했다.

태민이 침대 옆 의자에 앉아있었다. 표정 변화는 없었다. 화장실에 다녀온 우현은 태민의 대각선 편에 앉아 있었다. 여러 번 시도했지만 목 언저리에 묵직한 게 걸려서 나오지 않고 있었다. 태민이 우현의 시선을 피하면서 독백하듯 말했다.

"고양이 건은 미안하게 생각해. 그날 내가 스트레스 때문에 정신이 나갔나 봐. 그 고양이가 그 녀석인 줄 전혀 생각 못 했지 뭐야. 뭐 고양이가 다 비슷비슷해서."

아니. 넌 알고 있었어. 우현은 말을 삼켰다. 당혹감은 모두 사라졌다. 끔찍하게 학대당하는 고양이의 모습이 태민의 얼굴에 겹쳐졌다.

"지금부터 하는 얘기는 순전히 내 뇌피셜이야. 그러니까 그냥… 들어줘."

"…"

"나는 D스쿨에 그 사진을 올린 사람이 태민이 너라고 생각해."

태민의 눈썹이 위로 올라갔다.

"무영이 날 때리고 돈을 뜯어내면 견디다 못한 내가 다른 학교로 다시 전학을 갈 거로 생각한 거지? D스쿨에 사진까지 올려 좋지 않은 소문을 만든 것도 같은 이유야. 무영과 너의 관계를 정확히는 모르지만 그 아이가 니 말을 들어준 이유가 있을 거라 생각해."

태민의 표정이 대리석처럼 굳어졌다. 그 병신같은 놈 아버지가 우리 아버지 병원에서 경비를 하고 있다는 사실이 알려진 들, 내가 사주했다는 증거는 없다.

"왜 그런 바보 같은 요구를 한 건지 알 수가 없었어. 복싱 선수가 수학 시험에 그런 식으로 관심을 가지는 게 누가 봐도 이상하잖아."

태민은 우현이 한 번도 본 적이 없는 표정을 짓고 있었다. 우현의 말이 사실이 아니라면 태민은 억울해서 길길이 날뛰어야 한다. 사실이 아니라면 말이다.

"나도 궁금하다. 직접 물어보면 알 수 있겠지?"

부드럽게 웃으면서 미안하다고 말하던 그 표정 그대로였다. 우현의 심장이 요동쳤다. 그 박동이 입으로 전달된 듯 우현은 신들린 듯 말을 이었다.

"정답은 니가 조금 전에 본 영상에 있어. 활활 타오르는 질투심의 살아있는 현장이지. 넌 영상을 보고도 그 배경을 묻지 않았어. D스쿨 사진 이야기를 듣고도 남의 이야기처럼 그냥 무시하고 있잖아. 고양이를 학대한 건 피할 수 없는 사실이니 최무영 쪽으로 머리를 굴리는 거니? 그 영상을 나만 봤다고 생각해? D스쿨에는 사진뿐 아니라 영상도 올라간다는 거 알지?"

이 자식이 이렇게 말을 잘했나? 기껏 고양이 때문에 사람이 이렇게 바뀐 거야? 태민은 감탄과 분노가 뒤섞인 표정으로 우현을 쳐다보았다.

"지금 협박하는 거야?"

열어놓은 창문으로 시원한 바람이 밀려들었다. 우현의 목이 간질거렸다.

"재미있는 뇌피셜 잘 들었다. 다시 말하지만 고양이 건은 미안하다. 나도 책임감을 느끼…."

태민은 황당한 표정으로 우두커니 서 있었다. 목 안에 걸려 있던 구토 덩어리를 태민의 얼굴에 시원하게 내뱉은 우현은 깨끗한 녹색 침대보로 입을 대충 닦은 다음, 조용히 말했다.

"꺼져."

"1학년 아이들이 캣맘 동아리를 하나 만든 모양이더라. 자율동아리라서 기존 동아리와 무관하게 가입할 수 있다는데 해볼까 싶어."

소라가 풀숲 쪽을 살피며 작은 소리로 말했다.

"솔직히 맘은 아니잖아. 캣고딩 정도면 몰라도,"

민이가 반박하자 소라의 눈꼬리가 수직으로 올라갔다.

"국어 능력을 상쇄해줄 만큼 자신의 수학 실력이 뛰어나다고 생각하냐?"

유진은 시계를 다시 확인했다. 우현이가 늦는 모양이다.

태민은 병원에서 우현과 마지막 대화를 나눈 다음 날. 학교를 자퇴했다. 외국 유학을 준비한다는 등 뒷말이 많았다. 이후 태민은 학교에 나타나지 않았다.

소라와 민이는 계속 조잘대고 있었다. 이러다가는 수학 박물관 탐방 시간에 늦을 수도 있다. 스텝인 대학생 언니가 시간 엄수를 부탁했는데….

"늦어서 미안."

우현이 주차장을 가로질러 나무 의자 쪽으로 걸어들어오고 있었다.

"괜찮아. 토요일이라서 폰으로 지각 체크하는 쪼잔한 담탱이도 없잖아."

민이가 큰 소리로 대답하며 일어섰다. 우현은 세 사람을 지나쳐 풀숲으로 들어가 바닥에 한쪽 무릎을 꿇었다. 습식 사료가 들어있는 비닐봉지를 꺼내 두 손으로 비비며 풀숲을 바라보았다. 나머지 세 사람은 나무 의자에 앉아서 우현을 지켜보았다. 잠시 후 작은 고양이가 풀숲을 힘겹게 헤치면서 우현 쪽으로 다가왔다.

무영이 의식을 회복한 건 모두에게 다행스러운 일이었다. 우현과 무영 그리고 태민은 다시 조우해야 할 것이다. 힘든 시간이 되겠지만 이제는 두렵지 않다. 과거의 잘못이라는 자기연민에 늪에 빠져 도망 다니지 않을 거니까. 나를 걱정해주는 사람들이 있다는 걸 아니까.

고양이가 빈 봉지를 한 번 툭 치더니 무심하게 풀숲으로 사라졌다. 우현의 입가에 미소가 번졌다. 유진이 일어서면서 큰 소리로 말했다.

"늦은 거 알지? 이제 진짜 출발이야."